「今日は、……大胆ですね」
　ようやく声が出る。しかしまだ心臓は動悸を速めたままだ。
「おまえが寒そうにしていたからだ」
（本文より）

BBN
B●BOY NOVELS

情熱の結晶

遠野春日
イラスト／円陣闇丸

CONTENTS

情熱の結晶

週末は出掛ける、と遥《はるか》が言い出したのは、十月も下旬を迎えようとする頃だ。

「どちらへ行かれるんですか？」

食後、コーヒーを淹《い》れて茶の間に戻ってきたところだった佳人《よしと》は、遥の手元にソーサーに載せたカップを置きながら、すっかり慣れた受け答えをする。

弱冠三十三歳で六つの会社を切り盛りする遥は多忙だ。今年の夏頃から、六社のうち五社にそれぞれ代表取締役を置き、遥自身は社長職を退いてオーナーとなった。それで多少は、以前より肉体的にも精神的にも楽になっているはずだが、休むことを知らず精力的に動き回る習慣は、簡単には変えられないらしい。土日もゆっくりできず、会合や付き合いなどで家を空けるのはざらだ。地方に出た際には泊まりになることも、ままあった。

広々とした遥の家で一人留守を守るのは、正直寂しい。だが、佳人はそれを顔や態度に表すことのないようにしている。このときも、予定外の急な用事に内心残念ではあったものの、すぐに気を取り直した。

遥は広げていた夕刊を畳むと、コーヒーを置くために傍《かたわ》らに膝を突いて屈んでいた佳人の腕を取り、立ち上がって離れかけたのを引き留める。

「おまえはどこに行きたい？」

「えっ？」

不意に腕を掴まれたのも意外だったが、遥の問いはそれ以上に驚きで、佳人をおおいに戸惑わせた。にわかには意味がわからなかったほどだ。

「……お仕事絡みのお出掛けではないんですか？」

佳人が半信半疑で聞くと、遥はにこりともせず仏頂面のまま返す。

「仕事の予定なら、俺より秘書のおまえのほうがよほど把握しているだろう」

つまり、プライベートな誘い、ということらしい。

佳人は軽く目を見開き、なんと言っていいものかしばし言葉に詰まる。胸の内では、じわじわとした嬉しさが広がっていく。遥が自発的に佳人を週末どこかに誘うなど、初めてだ。どういう風の吹き回しだ、と首を傾げずにはいられない。誘うにしても、それまでの遥ならば、必ず仕事か何かを口実にしたに違いない。こんなふうに率直に切り出しはしなかったと思う。——しないというより、できないというほうが当たっているかもしれない。

「なんだ」

遥は気まずげに佳人から視線を逸《そ》らし、ぶっきらぼうに言った。

「それほど驚くことか」

「いいえ、そういうわけじゃありません」

佳人は急いで否定すると、少しトーンを落とした声で「……嬉しいです」と続けた。

横顔を向けた遥の頰が僅《わず》かばかり引き攣《つ》る。笑みを嚙み殺すように唇をきつく結び直す様は、いかにも意地っ張りの遥らしかった。

「ゆっくりできるところがいいです」

「北海道はもう寒いだろうな」

どうやら遥は日帰りではなく一泊するつもりでいるらしい。佳人はますます意外さを募らせたが、あまり驚いてばかりいると、遥が照れから機嫌を悪くしかねなかったので、素知らぬ顔でやり過ごした。

「それなら九州はどうですか。日南海岸《にちなんかいがん》あたりは暖かそうですよ」

「宮崎か」

遥はようやくまた佳人を見た。すでに普段どおり、冷淡なくらいに落ち着き払った印象の顔に戻っている。

「手配、しましょうか？」

佳人が遠慮がちに気を回すと、遥は「いや」と首を振った。

「俺がしよう」

言い出したのは自分だ、という気持ちが遥にはあるようだ。

佳人は素直に頷いて、遥に任せることにした。

遥と二人で泊まりがけの旅行をするのは初めてだ。思わぬ予定が舞い込んだことに、佳人は話が終わってからもしばらくは、熱のあるときのようにぼうっとしていた。

出会った当初には想像もできなかったくらい、今は遥との間に距離を感じない。元々は別々だったはずの道が重なり合い、そこを二人で歩いているのだとひしひし感じる。

できればこのままずっと同じ道を歩き続けたい。

遥の姿が傍《そば》にない人生は、さぞかし無味乾燥なものになるだろう。一度知ってしまったら、知らなかった頃には戻れない。どんどん欲張りになってしまう。

それでも佳人は、多くは望んでいなかった。今の幸せが細く長く続きさえしてくれたら、他にはなにもいらない。本気でそう思っている。

遥はコーヒーを飲み終えると、カップを流しに下げに行き、そのまま書斎に向かっていく。もう一仕事するようだ。

もしかすると、さっき言った旅行のための手配もするつもりかもしれない。

「おまえは先に寝ろ」

首だけ回して佳人に投げてきた言葉は、いつもどおり無愛想だった。

高千穂《たかちほ》は九州山地のほぼ中心に位置する神話と伝説の地である。夜神楽《よかぐら》と高千穂峡で有名だ。

どうせ宮崎まで行くのなら、この天孫降臨《てんそんこうりん》の地を訪れてみるのはどうだ、と遥に聞かれ、佳人は一も二もなく賛成した。元々場所はどこでもよかった。遥と週末を過ごせるだけで十分だ。それでも、あとで軽く観光案内を調べてみると、なかなか興味深い場所だとわかり、楽しみが増した。

土曜の午前中、飛行機で宮崎入りした遥と佳人は、JR日豊《にっぽう》本線で延岡《のべおか》まで北上し、そこからローカル線に乗り換えた。延岡と高千穂を結ぶ唯一の鉄道、高千穂鉄道だ。

佳人は入線してきた列車を見て、思わず顔を綻ばせた。黄色い車両と緑の車両を二両繋いだ、遊園地の中を走るような可愛い列車だったのだ。

「これが鉄道ファンの間で人気の『トロッコ神楽号』なんですね」

「らしいな」

特に関心なさそうな応答をする遥だが、普通列車ではなく、この延岡駅発は一日一本しか運行していないトロッコ列車をわざわざ予約したことに、佳人は遥ができる限り旅を楽しもうとしているのを感じる。佳人が笑顔を浮かべた途端《とたん》、自分でもふっと愉《たの》しげに口元を緩めたのだ。佳人は見逃さなかった。

座席に向かい合って座る。

車内はレトロで洒落《しゃれ》た雰囲気だ。天井に並ぶ丸いシェードに覆われた明かりもさることながら、壁のチューリップ型のランプが、古き良き時代の優雅な旅を彷彿《ほうふつ》とさせる。

列車が走りだすと、ガラスのない開放された窓から爽やかな風が吹き込んできて、髪を乱す。

天気はこれ以上ないくらい上々だ。秋の空はすっきりと晴れ上がり、綿菓子《わたがし》を千切《ちぎ》ったような雲がところどころに浮いている。

とても気持ちがよかった。

終点の高千穂までは一時間半かかる。

車内で配られた観光案内のパンフレットに、車窓から見ることができる名所が紹介してあった。しばらくすると広々した田畑と、民家がぽつぽつ軒を並べた集落の背景に行縢山《むかばきやま》という山が見えてくる。

列車は、振り仮名がなければ読めない名前の多い沿線の駅を、ところどころ飛ばして停車しながら、次第に緑深い山へと入り込んでいく。

モスグリーン色をした川が見えてきた。鉄橋を渡る。

陽光に照らされた山の斜面の明るい緑と、その緑を映し取ったような青緑色の川——溜息が出るほど美しい光景が続く。佳人は風に吹かれて額や頬に打ちかかる髪を押さえ、車窓に展開するパノラマに飽きず見惚れた。

やがてトンネルに入る。

佳人は景色を見るために横向けていた顔を、元に戻した。

じっとこちらを見ていたらしい遥と視線がぶつかる。

もしかすると、車窓の光景に夢中になっていた様子をずっと見られていたのだろうか。佳人は少し気恥ずかしくなり、目を伏せた。

「綺麗《きれい》で気持ちがいいですね」

「ああ」

遥が短く相槌《あいづち》を打つ。

トンネルを通過する間、暗くなった車内を柔らかな黄色っぽい光が包んでいた。どこか幻想的な雰囲気だ。抜けると再び穏やかな陽光が差してきて、いっそう緑が濃くなったように感じられた。

駅舎の二階が温泉になっている日之影《ひのかげ》温泉駅を過ぎると、アーチ橋では東洋一と謳《うた》われる青雲《せいうん》橋《ばし》が見えてくる。車内に観光ガイドのテープが流れ、高さ百三十七メートルと紹介していた。そして、日本一高い鉄橋、高千穂鉄橋を越えると、下りの終着駅、高千穂には三、四分で到着した。

今晩泊まる宿は、駅から歩いてでも行ける場所にある民芸旅館を、遥が手配していた。先に宿で宿泊の手続きをすませ、荷物を置くことにする。

一泊二日の旅なので、荷物は遥のボストンバッグに二人分入れてきた。遠出をする機会などまずない佳人は、いまだに旅行鞄《かばん》の手合いを持っていない。買いに行く暇もなかったし、遥も特に必要だとは思わなかったようだ。出張の際と同様に荷造りは佳人に任せ、二人分の荷物を入れるのにちょうどいい大きさのバッグを使えと指示した。下着や着替えの衣服などを詰めながら、佳人はなんともいえない妙な心地になったものだ。

「ようこそ、遠いところをお疲れ様でした」

出迎えてくれた女将《おかみ》の案内で部屋に向かうとき、佳人は慣れずに面映《おもは》ゆくて仕方がなく、遥の背中についていきながら俯《うつむ》きがちになってしまう。

いったい、自分たちは周囲にどんな関係だと思われているのだろう。

普段はあまり意識しないことも、こんな場面に向き合うと、やはり気になった。遥の建てた家、遥の会社、遥に心酔する周囲の人々。佳人はつくづく、自分がどれだけ遥の懐《ふところ》に包まれ、大事にしてもらっているのか、思い知らされる。

通された部屋には囲炉裏《いろり》があった。

お茶を飲んで一息入れる。

旅先でも遥は口数が少ない。愉しいのか退屈なのか、遥という人間を知らない人には、まるでわからないだろう。だが、佳人には、遥がかなり機嫌がいいこと、仕事以外での遠出に満足していることが、なんとなく察せられた。

「ここからだと見所の中では高千穂神社が一番近いみたいですね」

宿でもらった観光案内の地図から顔を上げた佳人は、遥を見る。

遥は座椅子に凭《もた》れて胸の前で腕を組み、考えに耽《ふけ》るように瞼を閉じていたが、佳人の声を聞くとゆっくりと目を開いた。

「神社は午前中に参拝するほうがいいだろう」

「ああ、そうなんですか」

「高千穂峡に行ってみるか」

遥が腕組みを解いて自分から言う。

「はい」

佳人は晴れやかに返事をした。

五ケ瀬川《ごかせがわ》が阿蘇《あそ》溶岩を浸食してできたV字形の渓谷が高千穂峡だ。柱状節理《ちゅうじょうせつり》と呼ばれる高さ八十メートルから百メートルにも及ぶ絶壁が屹立し、様々な濃さをした緑の木々が深淵を覆う。底を流れるのは青緑色の川だ。それらが相まって、静謐《せいひつ》で神秘的な雰囲気を醸《かも》し出す。

渓谷沿いの遊歩道を歩いた。

御橋《みはし》から神橋《しんばし》まで、片道およそ十五分の散策路だ。

肩を並べてゆったりした歩調で歩きながら、佳人は二人でこうして過ごせる時を楽しんだ。

「まだ紅葉には早かったみたいですけれど、シーズンはさぞかし綺麗でしょうね」

佳人の言葉に、遥は「あそこに」と遠くの斜面を指差して言う。

「少しだけ色づいた一群が見える」

「あ、本当だ」

「気の早いやつはどこにでもいるようだな」

　珍しく遥が冗談めいた発言をする。あくまでも仏頂面で、にこりともしないのだが、佳人は遥らしさとらしくなさを同時に見せてもらえて、微笑ましかった。もっといろいろな顔の遥を知りたい。旅先という日常から離れた場所では、いつもとは違う遥を知る確率が特に高くて、それだけでも佳人は来てよかったと思う。

　遊歩道を歩きながら渓谷の水面を見下ろすと、手漕ぎのボートに乗っている観光客が何組もいた。今日は暑くもなく寒くもないので、ボートを漕ぐにはうってつけだろう。つい先ほど通り過ぎてきたばかりの、落差十七メートルという見事な滝の傍では、記念撮影をしている人たちが多かった。

　ボートに乗っているのは、ほとんどがカップルだ。中には小さな子供を連れた夫婦もいたが、同性同士というのは見かけなかった気がする。

　佳人はあえてボートのことには触れず、周囲の幽邃《ゆうすい》な景色から受けた感銘を自分なりの言葉にして表現し、感嘆の溜息を洩らすにとどめた。

　遥は時折「ああ」とか「そうだな」などと、そっけない相槌を打つだけで、それ以外ではおおむね口を閉ざしたまま歩いていた。

　神橋まで行って、もう一度折り返し、起点の御橋に戻ってきた。

隣には淡水魚の水族館がある。

遥はそれには興味を示さず、大股で遊覧ボート乗り場へと近づいていく。

「遥さん」

佳人は思わず遥の背に声をかけた。

「……乗るんですか？」

「嫌か？」

「い、いいえ、嫌じゃないですけど」

「たまにはいいだろう。来い」

遥は佳人が考えたようなことにはいっさい頓着《とんちゃく》しないようだ。男同士でボートに乗ると変だろうか、と余計な気を回した佳人は、遥の堂々として自然な態度に比べ、自分の小心ぶりを腑甲斐《ふがい》なく感じた。遥は、自分たちが世間から外れた関係を持っていることは承知していても、だから卑屈になる、遠慮して行動する、という意識は持たないらしい。その潔《いさぎよ》さが佳人には羨ましかった。まだ佳人はそこまで割り切ってしまえない。なるべく目立たないようにと思うときのほうが多かった。

ラフなコーデュロイのジャケットを着ていた遥は、ボートに乗ると上着を脱いでからオールを握った。

「寒くないですか？」

「少し暑いくらいだった」

遥はそう言うと、佳人から目を逸らし、「おまえと一緒にいるせいかもな」と呟いた。

ちゃんと聞こえていた佳人は、どういう意味で遥が言ったのかわからないではないか、と自分を牽制《けんせい》しながらも、心の半分ではいい意味だと受けとめて、胸を痛いほどざわつかせていた。

最近の遥はたまに、以前からは信じられないほど感情を吐露することがある。それがあまりにも唐突で端的なので、佳人は面食らったり戸惑ったり半信半疑になったりと、かえって悩ましい気持ちになるときも多い。

遥には翻弄されっぱなしだ。

佳人は水面を進み始めたボートに揺られつつ、遥の端麗《たんれい》な顔をそっと見て、幸せ混じりの吐息を洩らす。

遥はボートを漕ぐのもうまかった。

大学時代に付き合っていたという彼女とも、よくこうしてデートしていたのかもしれない。

そんな、遥にとってはとうに過去になっているはずのことを脈絡もなく考え、佳人はどうかしている、と自分で自分に呆《あき》れた。嫉妬《しっと》、などではないつもりだった。彼女は今どうしているのか知らない、と前にちらりと遥も言っていた。別れて以来会っていないということだ。

たぶん、遥の漕ぐボートに乗るのは初めてなので、単に佳人はふと遥の過去に思いを馳せてみただけなのだと思う。

同じように遥も佳人の過去を想像することがあるのだろうか。

逆の立場になった途端、佳人は忸怩《じくじ》たる思いがする。佳人の過去は遥にとって決して喜ばしいものではないはずだからだ。考えるまい。佳人は軽く頭を振り、考えてもどうにもならないことを思い煩《わずら》うのはやめた。

遥はゆったりとオールで水を掻く。

さっき遊歩道から見下ろしていたときには複数のボートが出ていたが、今、遥たちの他に見えるのは、十メートルほど先を行く中老の夫婦が乗った一艘《そう》だけだ。背後には誰もいない。

前方には日本の滝百選にも名を連ねる真名井《まない》の滝が、どうどうと激しい水音をたて、崖の上から落ちている。荘厳な自然の姿を目の当たりにし、佳人は軽く鳥肌が立った。

切り立った高い崖に挟まれ、青緑色の水の上に浮かんでいると、ここが現世ではないような不思議な気持ちがする。天孫降臨を伝承する高千穂という場所柄のせいだろうか。

遥は滝にボートを近づけていく。

音をたてて落ち続ける滝は、近くで見ると迫力があった。

水飛沫がかかるほど傍に寄る。

渓谷の底にただ浮かんでいるだけでも隔離された世界という印象があったのだが、ここはまたさらに空気が違っているように冷厳な雰囲気だ。

「すごい滝ですね」

佳人は崖を振り仰ぎ、つくづくと感嘆した。

崖の中ほどに、一部紅葉した木があるのが見て取れる。さっき遥が遊歩道から指したのと同じ木のようだ。

「寒くないか」

遥に聞かれて、佳人は「遥さんこそ」と返した。

「そうだな、少し冷えてきたかもしれないな」

そう答えたのでてっきりジャケットを羽織るのかと思いきや、遥はオールを離したその腕を佳人の肩に伸ばすと、引き寄せた。

「はる……！　あっ」

掠めるような口づけをされた。

不意打ちに遭《あ》って、佳人は驚き、声をなくしてしまう。

中老の夫婦が乗ったボートは、カーブした水面を進んでいき、ちょうど迫り出した崖の陰に隠れて見えなくなっていたが、遊歩道から見られていなかったかどうかはわからない。

唇に残るキスの感触に佳人はほのかに頰を熱くした。

「今日は、……大胆ですね」

ようやく声が出る。しかしまだ心臓は動悸を速めたままだ。

「おまえが寒そうにしていたからだ」

遥はまったく動じていない顔つきで、すでにオールを握り直していた。

ボートは滝を離れ、再び緩やかな速度で進み始める。

遥の態度は平常と何も変わらず、落ち着き払っている。これが本当に、どさくさに紛れてキスをしてきたのと同じ人なのかと疑いたくなるほどだ。

遥が漕ぐボートに身を委《ゆだ》ねていると、佳人はこの深い渓谷の隙間を流れる青緑色の川が、まるで人生を象徴しているようにも思えてくる。

そう思った途端、ぞくりとした感触が背筋を這い上ってきて、佳人は思わず我が身を抱いて身震いした。

——この先もずっと、遥さんとこうして同じボートに乗っていられるのだろうか。

漠然とした不安に駆られる。

未来が必ずしも現在の境遇の延長線上にあるという保証など、どこにもない。いつ、どんな予測もしない事態に見舞われるか知れないのだ。

そのことを、佳人は、そしてまた遥も、身に沁みて知っている。

「宿に、戻るか」

まだ先の方まで行けたのだが、遥はその場でボートをUターンさせ、乗り場へと戻り始めた。

せっかく美しい景色を堪能していたところだったのに、妙な雰囲気に呑まれた佳人が、普段と違う様子を見せたためか、遥は引き揚げることにしてくれたようだ。

「すみません、遥さん。具合が悪くなったわけではないんですけど……」

申し訳なくて佳人が謝ると、遥は「気にするな」とだけ返した。

ぶっきらぼうだが優しい。

佳人の胸はじわりと温かくなる。

「べつに俺は、自分が観光したくてここまで来たわけじゃない」

遥はそんな奥歯に物の挟まったような言い方をした。

肝心の本音は決して口にしない。

それが、いかにも遥らしかった。


夕食後、腹ごなしを兼ねて宿の近所をぶらぶらと散歩した二人が部屋に帰ると、二組の布団が十センチほどの隙間を空けて敷かれていた。

遥はちらりとそれを一瞥しただけで、縁側に置かれた肘掛け椅子に座る。

「何か飲みますか?」

縁側の端にある小さめの冷蔵庫を開けて、用意されている瓶ビールやジュースなどの飲み物を確かめた佳人は、遥に聞いてみた。なんとなく寝間の様子が面映ゆく、黙ったままでは間が保《も》たなくなりそうだったのだ。まったく同じ浴衣《ゆかた》と羽織をお揃いで着るのも初めてのことで、宿のものを借りているのだから当然とはわかっていても、なんだか照れくさい。たぶん、佳人が意識しすぎなのだろう。

「お茶をくれ」

真っ暗な窓ガラスに顔を向けたまま遥が返事をする。

室内の光が反射して鏡のようになったガラスに、二人の顔が映っている。

ガラスの上で目が合った。

佳人はドキリとして、すぐに逸らしかけたのだが、遥が何か言いたげな眼差《まなざ》しで佳人の目をしっかり捉えていることに気づき、そのまま引き込まれるように遥の力強い瞳を見つめ返した。

「冷たいのがいいですか。それとも熱いのが？」

「冷たくていい」

食事の際に勧められた高千穂名物のかっぽ酒が利いたようだと、遥は洩らした。かっぽ酒は青竹の筒に清酒を入れて囲炉裏の火で燗《かん》をつけるという、珍しい飲み方をする酒だ。竹筒を傾けて杯に酒を注いだ後、竹を戻すときにかっぽかっぽと酒が竹の節に空けられた穴を通って戻っていく。その音から、かっぽ酒と名付けられたと聞いた。そうして飲む酒は、竹の香りが移っていて、なんとも風流な味わいがある。元々あまり嗜《たしな》まない佳人は、最初の一杯を舐めるようにして少しずつ飲んでいたのだが、結構いける口の遥はつい飲みすぎてしまったらしい。

佳人は冷蔵庫にあった缶入りの烏龍茶《ウーロン》をグラスに注ぎ、横合いから遥に差し出した。

遥が佳人を見上げ、グラスを受け取る代わりに二の腕を摑む。

鋭い瞳に射竦《いすく》められ、佳人は狼狽《うろた》えた。

「遥さん」

求められていることはわかる。わかるので、佳人は赤面した。これまでさんざん恥ずかしい姿を見せてきておきながら、なにを今さら初《うぶ》な振りをするのかと自分でも厚かましく思う。だが実際に、佳人は何度抱き合っても、初めての時に感じたのと同じ羞恥を心の隅に残したままだ。佳人を初めて抱いた香西《こうざい》は、そこが憎らしくてまた愛しいところだと、たびたび言っていた。

遥の視線を感じつつ、佳人はグラスを傾けて烏龍茶を口に含み、顔を近づけた。こんなふうに自分から遥に口づけすることは、めったにない。

触れた途端、じんとした痺れが体中を駆け抜けた。

遥が佳人の首に腕を回して引き寄せる。

冷たかったお茶が口の中で温《ぬる》んでまろやかになり、遥の喉を落ちていく。

お茶を移し終えた唇を、遥は離そうとせず、熱を籠《こ》めて吸ってきた。

冷えた舌を搦《から》め捕《と》られる。敏感な粘膜同士が接合するたび、佳人は顎を震わせ、睫毛《まつげ》を揺らした。濃密なキスに頭の芯が痺れてくる。

佳人は唇の隙間から掠れた声を洩らし、不安定に屈めていた体を遥の肩に摑まって保たせた。

右手に持ったままだったグラスは遥が取り、小さなローテーブルの上に置いた。

烏龍茶の代わりに口の中に溜まってきた唾液を舐め取られる。

淫靡《いんび》だった。

こうして遥と密な行為をするたびに、佳人はいつも、自分は遥のもので、遥はひょっとすると自分のものかもしれないと感じ、ほかでは絶対に味わえない一体感を覚える。

だから佳人は遥との行為が好きだ。

確かめて、安堵《あんど》し、情を募らせる。

「佳人」

ようやく唇が離れたかと思うと、遥は形のよい手を佳人の浴衣の襟から忍び込ませ、胸板を撫でてきた。

「……あっ」

胸の尖りを引っ掻かれ、佳人はがくっとあえなく膝を折った。

遥に縋《すが》りつくように身を倒す。

ここを弄《いじ》られると、恥ずかしいほど感じる。摘《つま》みあげて指の腹で磨り潰すようにして刺激されると、抑え切れず声が出た。

身動《みじろ》いだために浴衣の襟が崩れ、裾も乱れてしまう。

その淫らな姿を映した窓ガラスが、佳人にさらに羞恥を与えた。

「遥さん」

佳人が動揺した声で呼びかけると、遥はふっと意地悪く目を眇《すが》めた。

「なんだ？」

「もう、向こうで休みませんか？」

この続きは布団に入ってからではだめですか——佳人は言外にそう聞いた。

遥にも伝わっただろうことは、微《かす》かに緩んだ口元から察せられた。気をつけて見ていると、些細な仕草の端々に遥の気持ちは表れているのだ。付き合い始めて一年ほどした頃から、佳人にもそれが少しずつわかってきた。

「ここだと集中できないか？」

「……はい」

目を伏せて躊躇《ためら》いがちに答える。

重ねてからかわれるかと思ったが、遥はあっさり「まぁいい」と佳人の意を酌《く》み譲歩する。

佳人はホッとすると共に、以前に比べると遥も本当に柔軟になったなと思う。傲慢《ごうまん》で高飛車で意固地なのは、遥を遥たらしめる、切っても切れない性格だと考えていたが、やはり時は人を変えるものなのかもしれない。

また不意に、渓谷でも感じたあの漠とした不安が込み上げてきた。

変わりたくない。このままでいたい。時は佳人の味方だろうか。

「おい」

遥が佳人の顎に指をかけ、どうした、と訝《いぶか》るように瞳の奥を見据えてくる。

「なんでもありません」

佳人は嫌な考えを払いのけるように頭を振り、遥の首を抱いたまま、肩に顔を埋めて抱きついた。そうしていないと心が落ち着かなかったのだ。

「おれは、あなたが好きです」

どうしても言っておかずにはいられない気持ちになって、佳人は顔を伏せたまま遥の耳元で囁いた。遥の頬骨がピクリと動く。いきなりで面食らったらしい。いつもはほとんど言葉らしい言葉も交わさず、ただ体を重ね合うだけのことが多い二人だ。悦楽に陶酔し、なりふりかまえなくなったときならばまだしも、素面《しらふ》の状態でこんな素直で率直なことを言い出した佳人が驚きなのだろう。

遥は返事をする代わりに佳人の腰を抱き寄せ、背中を軽く手のひらで撫でた。

「先に進むのが、怖い」

自分でも信じられなかったが、佳人は初めて遥に弱音を吐いていた。口にしてからギョッとして狼狽える。いったいどうしたんだ、と理由もなくナーバスになっている自分を責めたが、出した言葉は取り戻せない。

「すみません！」

佳人は慌てて遥から身を離そうとした。

「昼間からなんか変ですね、おれ」

「佳人」

離れかけた佳人を、椅子から立ち上がった遥が引き留め、抱きしめた。

「遥さん……！」

「この先、何が起こるかは俺にもわからん。そんなことは誰にもわからないことだ。だが、俺はきっとおまえを離さない。おまえも、俺を離すな。……好きだというなら、離さないと約束しろ」

「はい。……はい、遥さん」

遥さんも誓ってくださいと喉元まで出かけたが、佳人は寸前で止めた。そんなことを佳人から頼むのは厚かましすぎる気がして、遠慮したのだ。それでなくても、遥の気持ちは十分伝わってきていた。遥もきっと深い情で佳人と繋がってくれているはずだ。この期に及んで疑うつもりはなかった。

「来い」

遥に腕を引かれ、佳人は布団を敷いた部屋に連れていかれた。

身につけているものを脱ぎ、隅に置かれた乱れ箱に畳んで積み重ねておく。そうして、全裸で布団に入り、肩まで毛布を引き上げた。枕元には行燈《あんどん》型のナイトランプが置いてある。

部屋の明かりを消してきた遥も裸になると、佳人が横たわっている布団を捲ってきた。

佳人の全身に遥の重みがかかり、すでに馴染んだ微かな体臭を感じ取る。乾いた肌が触れ合う感触も、少し速めの心臓の動悸も、足の付け根のものがぶつかり合い、擦り合わさって次第に硬度と体積を増していくのも、ことごとく佳人の官能を刺激し、昂《たかぶ》らせる。

胸が苦しくなるほど強く抱擁されて、佳人は枕を外した頭を大きく後ろに反り返らせた。その露《あらわ》になった首筋に、遥は丹念にキスを散らしていく。

指は胸の飾りを交互に弄り続け、佳人が悶《もだ》えて身動げば身動ぐほど、動きを熱心にする。そのうち、首から鎖骨、胸板と徐々に下りてきた唇が、硬く尖ってきた乳首に的を定め、指ばかりでなく唇や舌も使って責められた。

佳人は声を嚙み殺す努力を早い段階で放棄した。

どう足掻《あが》いても、今夜ははしたなく乱れるのを止められそうにない。気持ちが昂り切り、心の底から遥を求めているのがわかる。全身が過敏になっていて、指が掠めただけでも艶めいた声を洩らしてしまう。

声を抑える代わりに、佳人は自分からも積極的に遥を愛撫した。

綺麗に筋肉の乗った胸板、背中、腕――佳人は遥の美しさに感嘆し、ありったけの情を籠めて唇や手を滑らせた。ときには優しく歯を立ててみたり、ほのかに鬱血《うっけつ》するくらい吸ってみたりもした。そのたびに遥も、吐息に交えるようにして短い喘ぎ声を洩らす。

遥の手が佳人の奥に忍び、尻の肉を押し開く。

秘めた部分に湿った息がかかり、佳人は思わず腰を揺すって引きかけた。期待と羞恥に頬が火照《ほて》る。明度の低い明かりが一つ点いているだけなのが救いだ。何度繋がり合っても、ここを解して慣らされるのは恥ずかしく、じっとしていられない心地になる。

遥はローションを使わなかった。

濡れた舌がそこに触れてくる。

「はっ……遥、さん……！」

佳人は頭が爆発しそうなほど動揺し、腰を捩《よじ》って避けようとした。

しかし、遥の両腕ががっちりと腰を抱え込んでいて、許さない。

「……しないでください。……だめです、おれ……、そんなこと、遥さんにさせられない！」

狼狽《ろうばい》し切って、しどろもどろになりながらも、佳人は必死に訴える。

「俺だと嫌なのか」

遥がくぐもった声でからかった。

そしてすぐにまた中心に舌先を差し入れる。

佳人は喘ぎながら遥の髪に指を入れ、掻き混ぜた。

荒くなった息が開いたままの唇からひっきりなしに洩れ、反らせた喉が覚束なくヒクッヒクッと引き攣った。

十分に濡らされたところで、今度は長い指が入ってくる。

狭い筒を奥まで穿《うが》った指は、内側で縦横無尽に動き、佳人の弱みを押したり叩いたりした。

「もう……欲しい」

佳人が遥に縋って哀願し始めたのはそれからすぐだ。

「欲しい。遥さん」

遥も佳人の中に入りたくてたまらない状態になっていたようだ。

二本に増えていた指を抜くと、襞《ひだ》が窄《すぼ》まり切らないうちに素早く足の間に腰を入れ、屹立した股間のもので突き上げてきた。

衝撃と刺激の激しさに、佳人は息が止まりかけた。

遥は躊躇わず根本までいっきに納めてしまう。

遥が自分の中に深く入り込んでいる。

佳人は泣きたくなるほどの充足感と幸福感を覚えた。実際、鼻の奥がつんとして、涙が湧いてきた。

「ああ……、もう、……おれは何もいらない」

感情を昂らせ、頬に涙の筋を走らせながら、佳人は、遥に言うのではなく、自分自身に向けて言っていた。言わずにはいられない心境だったのだ。

遥は無言のまま、佳人を抱き竦める。

佳人の中で遥がどくどくと猛々しく脈打っていた。

遥は佳人が落ち着くまで腰を動かさず、濡れた瞼や頰、唇に、慈《いつく》しみに満ちた優しいキスを落として宥《なだ》めてくれる。もう大丈夫だと佳人が言うまで、そうしてくれていた。

そんなふうに辛抱していたせいか、抽挿《ちゅうそう》を始めてからの遥は激しかった。

佳人は今度は違う意味で泣かされ、幸福の絶頂を遥と一緒に迎え、極めた。


午前中に高千穂神社に出向いて参拝をすませたあと、国見ヶ丘《くにみがおか》まで足を伸ばすことになった。

秋の早朝であれば雲海も見下ろせるという、高千穂随一の眺望が楽しめる場所だ。

「季節的には今頃がちょうど雲海がよく発生する時期らしい。夜明け前に起きられたらよかったんだろうが、おまえも俺も、疲れがいっきに出てしまったようだな」

遥の言うとおり、目が覚めたらすでに七時過ぎだった。

休日で気が緩んでいたのもあるが、なにより昨晩、床《とこ》に入るのは早くても眠ったのは遅かったせいだ。佳人はいろいろ思い出し、照れくささに遥の顔をまともに見られなくなる。一晩に三回も遥から求められたのだ。遥も三度目に佳人にのし掛かって身を進めてきたときには、さすがにちょっと自嘲《じちょう》気味だった。「すまん」と囁かれたときの響きが、まだ耳に残っている。反芻《はんすう》しただけで、佳人は体の芯をぞくっと官能に震わせた。

標高五百十三メートルの国見ヶ丘の頂上からは、西側に阿蘇、北側に祖母連山《そぼれんざん》と障子岳《しょうじだけ》、そして眼下には五ヶ瀬川と高千穂盆地といった絶景が見渡せる。国見ヶ丘という名前の由来は、神武《じんむ》天皇の御孫である建磐竜命《たていわたつのみこと》がここで国見をしたためだそうだ。駐車場のすぐ横には、古事記・日本書紀に書かれている天孫瓊々杵尊《ににぎのみこと》が天下りした際の話を元にした、三メートルにも及ぶ神々の石像が建っている。

展望台からダイナミックな光景を眺め渡していると、佳人はこの地が神話のふるさとと呼ばれるのが違和感なく思えてきた。

佳人は傍らに立つ遥の横顔を見やった。遥は今、何を考え、どんなふうに感じているのだろう。引き締まった横顔には表情らしい表情はなく、遥の心の中は窺《うかが》えない。

樹齢八百年の秩父杉のある古社、高千穂神社で、社殿の前に並んで手を合わせて参拝したときも、佳人は今と同じように遥の胸中が気になった。どちらかというと信仰心など持ち合わせないように思える遥が、真摯《しんし》な表情で目を閉じている様を見ると、どんなことを祈願したのか知りたい気がした。

秋風に吹かれながら三十分ばかり展望台から景色を眺めた。

出会った当初は、二人でこうして旅行に出掛ける日が来るとは、想像もつかなかったものだ。

去年の今頃は、遥が拉致《らち》されてしまうという尋常でない事件に見舞われ、無事な姿を見るまでは生きた心地もしなかった。あんなことはもう二度とあってほしくないが、考えようによっては、遥との精神的な距離が縮まったのは、あの事件が起きたからだという気もする。

何が災いで何が幸いに転じるのか、案外わからないものだ。

「美々津《みみつ》、という町が日向《ひゅうが》にある」

唐突に遥が言い出した。

「国の重要伝統的建造物群保存地区、だそうだ」

舌を嚙みそうな呼称を一語ずつ記憶の隅から引っ張り出すようにして言い、佳人を横目で見やる。

「じゃあ、せっかくなので、寄り道してみましょうか」

日向は宮崎に戻る途中の市だ。飛行機は夜の八時半頃発の便なので、時間に余裕はあった。

展望台を下りる途中、遥の携帯電話が鳴った。

「稲益《いなます》か。どうした？」

遥が経営する消費者金融会社『プレステージ』の重役で、先月、専務から代表取締役に昇格した人物だ。『プレステージ』も遥が社長を降りて社員たちに経営を任せた会社のひとつである。

稲益は遥より一回り年上だが、遥に忠実で心酔してさえいるようだ。遥も稲益を信頼している。

日曜だというのに、昼一番で遥の携帯にまで電話をかけてきたからには、よほどのっぴきならぬ事態が起きたのだろうか。佳人は軽く緊張したが、しばらく短い相槌だけ打ちながら話を聞いていた遥は、まったく動じた様子を見せない。

「まあ、実質被害がなかったのなら、あとは警察に任せたらいいだろう」

最後にそう言うと、ご苦労だったな、と労《ねぎら》いの言葉をかけて電話を切る。

「どうかしたんですか？」

気になったので、佳人は控えめに聞いてみた。

「今朝、店舗の表に設置してあるATMが壊されかけたそうだ」

佳人は「えっ」と目を瞠《みは》ったが、遥は落ち着き払って淡々と続ける。

「警備保障会社の係員がすぐに駆けつけたところ、犯人はすでに逃げていて、機械にこじ開けようとした形跡があるらしい。今、警察が来て現場検証をしているとかで、いちおう俺の耳にも入れておいたほうがいいだろうと、稲益が知らせてくれたんだ」

「不穏ですね。前にもこんなことあったんですか？」

「いや。ちらほらよその会社の話で聞いたことはあったが、うちが狙われたのは初めてだな」

「防犯カメラの映像が役に立つといいですね」

そうだな、と遥は肩を竦める。

遥が特に大事だと捉えている素振りを見せないので、佳人も気を揉むのはやめた。緊急事態発生の際に対応するのは稲益社長の役目だ。いったん稲益に采配をふるわせると決めた以上は、遥も現場に口を挟むのは極力控える心積もりでいるらしい。

宿に預けていた荷物を引き取り、高千穂駅から列車に乗る。

延岡で日豊本線に乗り換えて日向まで行き、日向から美々津まではバスだ。三十分ほどで着いた。

美々津の町は、江戸時代に大阪や京都などの関西地区と交流する際の拠点である、港町として栄えた歴史を持っているそうだ。佳人は当時の佇まいを残した建物や土塀、石畳などを目にして、古き良き時代に思いを馳せた。なるほど、虫籠窓《むしこまど》や京格子《きょうごうし》、通り庭ふうの土間など、関西の町家造りを意識したらしい屋敷が数多く残っている。

「千石船《せんごくぶね》という大きな船で、材木や木炭なんかを上方方面に出荷していた廻船業者たちが中心になって町並みを整備していったそうですよ」

旧廻船問屋の河内屋を復元し、現在では日向市歴史民俗資料館となっているところでもらってきた、町歩きに便利なパンフレットに書いてあることを話すと、遥は「そうか」といつものように愛想のない返事をした。ここでも、一緒に歩いていても特別興味深そうな様子は見せないのだが、遥の機嫌は決して悪くなさそうだ。

「あの軒下にある波形定規のような彫り物はマツラというらしいです。家の格を表していると書いてあります。大工の棟梁《とうりょう》が腕をふるったもので、同じものはひとつもないそうですよ。そう言えば、どれも違いますね」

「ああ」

環境物件に指定されている家屋は全部で四十で、上町《うえまち》、中町《なかまち》、下町《したまち》の三区に分かれているが、ぶらぶら歩いて回っても二時間もあればすべて回り切れるほどこぢんまりしたところだった。

行きは日向駅からバスに乗ってきたが、帰りは最寄り駅である美々津駅まで歩くことにした。時間的にはどちらも三十分ほどで、ほとんど変わらないと、たまたま立ち寄った休憩所で教えてもらったからだ。

日頃は社用車で移動することの多い遥だが、歩くのは好きらしい。

佳人も遥と並んで歩くのは好きだ。

ほとんど会話らしい会話を交わさなくても、沈黙が少しも苦ではない。もっとも、そう思えるようになるまでには、ずいぶん悩んだり辛かったりした時期もある。

町並保存地区を抜けると、のどかな田舎の住宅地が続く。

天気のいい日曜の午後なので、外に出て遊んでいる子供たちの姿がちらほら目につく。陽気な笑い声を上げて元気よく駆け回っている子供たちを、佳人は微笑ましく見た。遥は子供特有の甲高い声が煩わしいのか、微かに眉根を寄せていた。どうやら遥は子供が苦手のようだ。できるだけかかわりたくないと思っているのがわかる。

子供たちは、めったに車が通りそうにない道や、塀と塀の間の空き地などでふざけて追っかけっこをしたり、固まってしゃがみ込み、石を並べたりして思い思いに遊んでいる。

しばらく行くと、家屋の一部に足場が施された増築中の一戸建てがあった。

新しく造った土台の上に柱が組まれ、青いビニールシートが一部に掛けられている。今日は工事は休みらしく、職人の姿は見当たらない。

その家の庭でも、姉妹と思《おぼ》しき女の子二人が、はしゃいでいた。一台の子供用自転車に一人が跨《また》がり、もう一人が後ろから押して、ぐるぐる同じところを回って遊んでいる。

低い垣根越しに見える庭はそれほど広くない。それに加えて増築で使用されるのであろう木材が何本も無造作に壁に立てかけてあり、さらに狭くなっている。猫の額ほどの場所だ。勢いがつきすぎると道路に飛び出してしまうのでは、という感じだった。

危ないんじゃないかな——佳人は丈のある木材が気になって、思わず女の子たちに、他で遊んだら、と声をかけたい気持ちになった。

遥も佳人と同じことを危惧したのか、顰《しか》めっ面になり、立ち止まる。

家人の姿は表には見当たらないようだ。

「遥さん……」

注意してきましょうか、と佳人が子供たちから目を離し、遥に向き直って声をかけたときだ。

きゃあきゃあ騒ぐ声に混じって、いきなりドーン、という衝撃音がした。

自転車が倒れ、うわあっ、と女の子の悲鳴が上がる。

佳人はハッとして体ごと振り返った。

そのとき傍らを、風を切る素早さで何かが通り過ぎる。

遥だ。

遥は一瞬も躊躇わず庭に突進した。そして、誤って自転車ごと木材に突っ込み転倒した女の子を、身を挺《てい》して庇った。

「遥さんっ！」

佳人が叫ぶのと同時に恐ろしい音がして、立てかけられていた木材が次々と倒れてくる。

「は、遥さん――――！」

木材が遥の背中に襲いかかる。

佳人は真っ青になって駆けつけようとした。

「危ないっ！　近寄るな！」

庭に飛び込んだ途端、騒ぎを聞きつけて家の中から走り出てきた男に止められる。

「離してください、連れが下敷きに！」

「あんたっ、真希《まき》がっ！」

遅れて出てきた女が狼狽して叫ぶ。

「ママぁ」

無事だったほうの女の子が泣きながら母親に駆け寄り、縋りつく。

「美雪《みゆき》」

母親はぎゅっと幼い子供を抱きしめ、頭を腕の中に抱え込む。

「救急車を呼んでください！」

「おいっ、救急車だ！」

佳人とこの家の主人が声を揃えた。

隣近所の家からも、「どうした」「何事だ」と口々に言いながら、わらわらと人が顔を覗かせ始める。

閑静な住宅街はちょっとした騒ぎになった。

男たち二人と佳人の三人がかりで、倒れた木材をひとつずつ撤去していく。

遥は俯せになって倒れたままぴくりとも動かないが、遥に守られた女の子は泣きながら木材の隙間から這い出してきた。

「遥さん、遥さん！」

佳人は遥の体に取り縋って必死に呼びかけた。

額から血が流れている。

どうしてこんなことになったのか……。

目の前が真っ暗になり、何も考えられない。

やがてサイレンが聞こえてきた。

「あんた、しっかりしろ。救急車が来たぞ」

男が佳人の肩を摑み、強く揺さぶる。

それで佳人はようやく茫然《ぼうぜん》自失《じしつ》の状態から覚めた。

救急隊員が遥を運んでいく。

佳人は祈るような気持ちで救急車に同乗した。

初めての二人きりでの遠出の終盤に、こんな不測の事態が待ち構えていようとは。まるで予測しておらず、佳人の動揺はなかなか治まらない。

心臓が壊れそうなほど鳴り続けていた。


遥が搬送された総合病院の廊下で、佳人は椅子に座り、頭を抱えて身動ぎもせず、じっとリノリウムの床を見つめていた。頭の中では、もし遥に万一があったらどうすればいいのだろうと、それればかり考え続けている。命に別状はない、とは言われたが、検査と治療のために処置室に入ったまま、かれこれ一時間以上経つ。心配で、悪いほうにばかり想像が働く。居ても立ってもいられない心境だったが、この場で佳人にできるのは待つことだけだ。不安を押し殺して、医師たちが出てくるのを今か今かと待ち構えているしかなかった。

どのくらいしてからだろうか。

ドアが開いて処置室から白衣姿の医師が出てきた。

「先生」

佳人は弾かれたように腰を上げる。

「ご家族の方ですか？」

医師に尋《たず》ねられ、佳人は思わず「はい」と頷いた。二人の公的な関係をいちいち説明する間ももどかしく、一刻も早く遥の容態が知りたかったのだ。

「検査の結果、脳に損傷は見つかりませんでした。主な外傷としては、肩を強打していることと、額の裂傷、それから背中や後頭部などの打撲《だぼく》ですが、いずれもたいしてご心配になるものではないと思われます。肩のほうも骨に異常はありません」

医師は素人《しろうと》にもわかりやすい簡単な言葉で説明した。

「ただし、まだ意識が戻りませんので、予断を許さない状況であることは確かです」

怪我そのものは問題ないと聞き、佳人はひとまず胸を撫で下ろす。

あれほど子供を苦手そうにしていながらも、いざとなると自らの危険も顧《かえり》みず咄嗟《とっさ》に体を動かせる遥に、佳人は心の底から感嘆する。誰にでもできることではないはずだ。少なくとも、あのとき佳人は驚いて目を瞠るばかりで、子供が危ないと思いはしても、実際にはどんな行動にも出られなかった。

おかげで真希という女の子は擦り傷を負った程度の怪我ですんだそうだ。

遥にはどれほど礼を言っていいかわからない、と夫婦揃って頭を下げに来た。前々から資材の管理が杜撰《ずさん》な業者で、注意しようと思っていたと弁解を交えて話していた。

佳人は、遥はきっと大丈夫だと固く信じていたので、彼らの謝罪を冷静に受けとめられた。しかし、これがもし生死の境を彷徨《さまよ》うような状態だったなら、なぜ通りすがりの一旅行者である遥がこんな目に遭わなくてはならないのかと理不尽に感じる気持ちを拭い去れず、「お気になさらないでください」とすんなり言えたかどうか自信がない。

病室に移された遥に付き添って、佳人も今晩はそこで過ごすことになった。たまたま二人部屋が丸ごと空いており、周りを気にせずにすむのが幸いである。

額を包帯で巻かれ、青白い顔で寝ている遥を、佳人は傍らでじっと見守った。

早く気がつき、冷徹な印象の強く出た黒い瞳で見据えてほしい。ぶっきらぼうな声で「なんだ、おまえか。どうした」と言って、安心させてもらいたい。

佳人は布団の中に脇から手を入れて、遥の手を握り締めた。

長い指に自分の指を絡ませる。

意識があるときの遥にはとてもこんな思い切ったことはできないが、今はこうして遥に触れていなければ落ち着けなかった。

手を握り、すでに見慣れた端麗な顔を見つめる。

閉じ合わされた瞼を縁取る睫毛、硬質そうに引き締まった頬、結ばれたままの唇。

その乾いた唇に、佳人はそっと自分の唇を寄せてキスをした。もしここで遥が目覚めたならば、さぞかしバツの悪いことになる。だが、佳人はそれでもいいから遥に目を開けてもらいたいと思った。

気持ちが募り、触れるだけのはずのキスが、それだけではすませられない心地になる。

佳人は遥の唇をそっと吸い、舌先で合わせ目を辿った。

握った指に力が籠もる。

起きて、いつもの仏頂面を見せ、皮肉な物言いで佳人を困惑させてくれたなら、どれほど嬉しいだろう。

遥のためならなんでもする。

泣きたいような気持ちで誰にともなく誓った。

消灯されて暗くなった室内で、佳人は遥の寝姿を見守り続けた。

いつ遥が目覚めてもいいように眠らないつもりでいたのだが、午前一時を過ぎたあたりから、じわじわと睡魔に襲われ始め、意識を保っているのが難しくなった。昨晩、遅くまで幸福に満ちた行為を交わしていたため、ただでさえ寝不足気味だったのだ。

昨日のことを思い出すと今のこの状況が信じられない気分になる。

予定通りなら、今頃は東京の自宅に戻っていて、馴染んだベッドに二人で横たわり、明日の仕事に備えて休んでいたはずだ。

美々津に寄ると言わなければ、帰りもタクシーを使っていれば、と、今さら悔いたところでどうにもならないことが、未練がましく脳裏を過《よぎ》る。

瞼が重くてどうにも開けていられなくなり、椅子に座ったまま頭をベッドの端に突っ伏してしまったのは、それからすぐだ。佳人は眠気に抗《あらが》い切れず、寝てしまった。

「おい」

夢の中で遥が佳人を呼んだ気がする。

「……遥さん」

おれはここです、と返そうとして、はっと目が覚めた。なんとなく、夢ではなくて現実に遥に声をかけられた気がしたのだ。

ゆっくりと伏せていた頭を上げる。

病室内は薄明るくなっていた。白いカーテン越しに朝日が差し込んできているのだ。

佳人は眠い目を瞬かせ、ベッドに寝ている遥に視線を移した。

その途端、こちらに向けられている遥の目と佳人の目が、まともにぶつかり合う。

——意識が戻っている！

佳人は息を呑み、あっという間に眠気が吹き飛んだ。

「気がついたんですね」

喜びに上擦《うわず》る声で佳人が確かめると、遥は「ああ」といくぶん覚束なげな低い声で答えた。そして、そのままじっと探るように佳人の顔を凝視し続ける。

「大丈夫ですか。気分はどうですか？」

佳人は高揚《こうよう》する気持ちを抑え、できるだけ冷静になろうと努めた。遥が混乱して、何がどうなっているのか訝しんでいるのは間違いない。ひとつずつ順を追って話していかなければ、ますます動揺させてしまいかねないと気遣った。

「……ここはどこだ？」

佳人の質問を無視し、遥は眉根を寄せて聞く。

「病院です」

「病院？　いったい……うっ！」

「気をつけて！　あちこち怪我をしているんですよ！」

身を起こしかけて痛みに顔を顰めた遥を、佳人は慌てて止めると、頭を枕に戻させた。

「どういうことだ」

遥がじっと佳人の顔を見る。

佳人は遥がここに寝かされる羽目になった出来事を覚えていないらしいと知り、説明しようと口を開きかけた。

しかし、佳人が言葉を発するより、遥が疑り深い声で続けたほうが先になる。

「第一、きみは誰だ？」

「……えっ？」

あまりにも思いがけない質問に、佳人は一瞬、頭の中が真っ白になった。

「遥さん」

なんの冗談ですかと聞き返しかけて、遥の瞳がこれ以上ないほど真摯なことに気づく。

「まさか、……そんな」

声が頼りなく掠れる。さらに、全身が瘧《おこり》にかかったかのように震え始めた。

佳人の様子に遥は不安に襲われた表情をする。どうやら、見ず知らずの他人ではなく、わかってしかるべき人間だと悟り、自分の記憶の整合性に疑いを持ったようだ。

遥はまじまじと佳人の顔を凝視し、次第に苦しげな表情になっていき、とうとう激しい頭痛を覚えたときのように頭を押さえて目を閉じた。

思い出せない。どうしてもわからない。そんな苦悩が遥の顔に浮かび上がっている。

「先生を呼んできます」

記憶が抜け落ちていることに苦しむ遥を見ているのが辛くて、佳人は病室を出た。

佳人自身、激しく動揺し、混乱していた。

心臓が胸から飛び出しそうなほど強く鳴っている。

もし、もし、このまま遥が佳人を思い出せないままだったら……?

考えただけで心が破裂しそうに痛む。

——好きだというのなら、俺を離すな。

昨日、遥が熱っぽい口調で言った言葉が脳裏に甦る。

俺はきっとおまえを離さない——そうも言ってくれたのをはっきり覚えている。

佳人としては、言われるまでもなく遥を離すつもりはなかった。遥が望んでくれる限り、ずっと傍にいたいと願っている。

だが、今度二人の上に降りかかってきたこの厄災は、尋常でない事態を引き起こそうとしているようだ。

果たして元通りに戻れるのかどうか、佳人には確とした自信が持てない。

遥の記憶喪失が、今だけのごく一時的なものであればいい。

佳人はひたすらにそう願うしかなかった。

頭を打った際に記憶を司る脳の一部に異変が起き、記憶障害を起こしている——医師の言葉を簡単に要約すると、そういうことだった。

遥は自分の名や居住地、職業は覚えていた。過去についても、親とは早くに縁が切れ、たった一人の弟ともずいぶん前に死に別れた身であることなど、医師の聞き取りに対して淀みなく話したそうだ。

どうやら記憶が抜けているのは、ここ二、三年の間のことらしい。それより以前に関しては問題ないことが確かめられた。

日常生活を営むにはまったく支障はないので、あとは気長に記憶が戻るのを待つしかない。医学的に施せる処置は特にない。そう言われて、佳人は心許なさでいっぱいになりながらも、頷くしかなかった。

「きみは、いつから俺の秘書をしてくれているんだ?」

真面目な顔で遥に聞かれ、佳人は胸が掻き毟《むし》られそうに痛んだ。

「一年半ほど前からです」

本当に忘れてしまったんですか、と聞きたいのを堪《こら》え、極力平静を装って答える。覚えていないことを無理に思い出させようとしたり、責めたりしてはいけない、と医師に注意されていた。それでなくとも、佳人にはそんなつもりは毛頭なかった。遥が自発的に、自然と記憶を取り戻すまで、辛抱強く待つ決意を固めている。

「そうか、一年半にもなるのか」

遥は佳人と出会った経緯のすべてを忘れ去っている。佳人に向ける目は、自分の会社に勤めている社員に対するものでしかなく、それ以外の個人的感情は何も含まれていなかった。

「確か、以前は浦野《うらの》という男が俺の秘書をしていたはずだ」

「はい」

秘書兼ボディガードで、車の運転までこなしていた浦野のことは記憶しているのに、その浦野が事件を起こして辞めたこと、代わりに、その頃働くことを許さず家にいさせた佳人を秘書にすると決めたことは、さっぱり思い出せないらしい。

自分だけが遥の記憶にいない……。佳人にはあまりにも酷な状況だった。

「日向にはどんな用件で来ていたんだ？」

重ねて問われ、佳人はなんと答えればいいのか返事に窮《きゅう》した。

遥の顔つきを見ていると、自分が男を恋愛対象にできるのだという考えには、とうてい及んでいないことが明らかだ。元々遥ははっきりしたゲイ指向の持ち主ではなかった。以前は女性の恋人がいたのである。同性愛を受け入れられる傾向を潜在的に持っていただけで、たぶん佳人を好きになってくれていなければ、ずっとその可能性に気づかず一生を終えたかもしれない、どちらかというと異性愛者だと思われる。

そんな遥に、自分たちはプライベートでは恋人同士でしたと告げるのは、佳人にはおおいに躊躇われた。遥はさぞかし衝撃を受け、ますます混乱するだろうと危惧したのだ。

悩んだ末、佳人は当たり障《さわ》りのない返事をする。

「久々に骨休めしようということで、高千穂まで足を伸ばされました」

「きみも誘ってか？」

遥は不審げに眉を顰《ひそ》める。

「はい」

佳人は短く答え、顔を伏せ気味にした。戸惑いを露にしているに違いない表情を遥に読まれ、ますます腑《ふ》に落ちない気分にさせるのを避けようとしてのことだ。

「ふん……そうか」

納得したのかしないのか、今ひとつ定かでない微妙な相槌を打って、遥はしばし考え込む間を作る。

佳人は喉元まで出かけた言葉を抑えているのに、大変な忍耐を必要とした。

全部言ってしまいたい。そして、一刻も早く思い出し、元の通りに佳人を認識してほしい。そう思い願う一方で、ただでさえ記憶が欠けていることに不安を感じ、現況をひとつずつ把握しようとしている遥に、男同士の恋愛関係などという、いわば爆弾を落とすような発言をし、困惑させてはいけないと自戒する気持ちが働く。

「久保《くぼ》、といったな？」

明らかに部下に対するような一線を引いた口調に、佳人は寂しさを感じながらも「はい」と返し、勇気を出して顔を上げた。

遥と目が合う。

昨日まではっきりとした情が籠められていた切れ長の瞳が、今は部下としてどの程度信じていいのか量りかねる、といった迷いすら浮かべ、探るように佳人を見据えてくる。佳人は激しく傷つき、ショックを受けた。

本気ですべて忘れてしまっているのだ。

あらためてつくづくと思い知らされ、衝撃の大きさに胸が潰れそうになる。

「これからしばらくの間、きみにはいろいろと迷惑をかけることになるかもしれない」

佳人の気持ちになど気づいた素振りもなく、遥は淡々として続けた。

「今までにもずいぶん力になってもらっていたと思うが、この先はさらに助けてもらわないとならない場面が増えるだろう」

「承知しています」

佳人はすぐに答えた。こんなふうに他人行儀の言葉を遥から受けるのは辛い。言われるまでもなく、佳人はいくらでも遥の力になるつもりだ。大変だとか迷惑だとかはいっさい感じない。それをもっと率直に言い表せなくて、ひたすらもどかしかった。

迷いのない瞳で遥を真っ直ぐ見つめる佳人に、硬く強張っていた遥の表情がようやく緩む。

「まだ思い出せないが、俺はきみをかなり頼りにしていたようだな」

「だとすれば、嬉しいです」

本当はもっと違うように答えたいのだが、佳人はあくまでも秘書の立場を貫いた。

きっと遥はそのうち全部思い出してくれる――そう信じ、辛抱することに決めたのだ。今は秘書として傍にいることを認められただけでも、よしとしなければいけない。もどかしくても、そんなふうに自分を納得させた。

早く東京に戻りたいという遥の強い希望で、火曜の午後の便で宮崎を発つことになった。

機内で、遥はずっと腕組みをし、気難しい顰めっ面のまま、ひたすら空の一点を凝視して考え事に耽っていた。

佳人はその様子を隣席から窺いつつ、不安と期待に胸を騒がせた。

自宅や各社の事務所などといった、これまでの日常で馴染みの深い場所に身を置くと、現在一時的に遮断された状態になっている記憶の回路が刺激され、触発を受けて再び繋がるかもしれない。その可能性は大いにあると医師も請け合った。ただし、あくまでも可能性の話であり、必ずと保証できるものではないと言い添えられている。

記憶は、いつどんな拍子に戻るのか、予測不可能だ。

今日中にすべて思い出すかもしれないし、この先五年、十年、ともすれば一生、戻らないかもしれない。

もし戻らなかったら、とちらりとでも考えると、佳人は怖くてたまらなかった。

高千穂峡の青緑色の水面を二人でボートに乗って漂いながら、漠とした不安に包まれたことが頭を過る。

あれはこのことの予兆を感じ取ったからこそだったのではないだろうか。

その後に宿で交わした、あまりにも熱くて濃密な幸せのひとときにも同じことが言える。もう二度とあんな関係には戻れないと運命づけられていたからこそ、あり得た行為だったのではと、悲しい想像が浮かんできた。

羽田《はねだ》に着くと、運転手の中村《なかむら》が社用車で迎えに来ていた。

遥は中村にも見覚えがないようだったが、その場は何も言わず後部座席に乗り込んだ。佳人は後部ドアを閉め、助手席に座った。

事情を知っている中村が心配そうな顔をして佳人を見る。中村は、遥と佳人が単なる社長と秘書の関係ではないと承知している、数少ない関係者の一人だ。遥が事故で記憶の一部を失ったと聞き、遥に対するのと同じくらい佳人のことを気にかけてくれているのが感じられた。

「すみません、行ってください」

「ご自宅のほうでよろしいんでしたね、久保さん」

「はい。お願いします」

各社には明日顔を出して回ることになっている。

滑るように走り始めた車の中で、佳人はバックミラー越しにさりげなく遥の様子を窺った。

遥は相変わらず苛立ちを隠さぬ顔つきで、唇を一文字に結び、考え事に耽っている。眉間には縦皺がくっきりと寄っていて、苦悩の深さが察せられた。額に巻かれていた包帯は、医師が止めるのも聞かずにさっさと外してしまっていた。今は、前髪の隙間からガーゼをテープで留めたものが見えているだけだ。いかにも仰々《ぎょうぎょう》しいことを嫌う遥らしかった。

遥の家が近づくにつれ、佳人は後部座席の遥の表情が気にかかり、落ち着けなくなってきた。まだ遥には、佳人が一緒に住んでいることは話していない。それを知ったら、遥はどういう反応を示すのか、ちょっと予想がつかなかった。以前にも浦野を家に住み込ませていたので、そのことを覚えているのなら、佳人の場合も同じ待遇で扱っていると考え、特に引っかかりは感じないだろう。ただ、浦野は秘書であると同時にボディガードでもあったわけだから、単なる秘書の佳人まで自宅で暮らさせているのは、一般的に考えれば違和感があるはずだ。万一遥に疑問をぶつけられたとき、元々は香西組組長の囲われ者だった佳人が、遥に一億で買い取られた形で屋敷に来た経緯を話すべきかどうか悩む。佳人をどうにか自分の秘書として認めたばかりの遥に、そんな入り組んだ裏事情の説明をするのは、また新たな困惑の種を蒔《ま》くようで躊躇われた。

黒澤《くろさわ》、と表札の掲げられた立派な門扉《もんぴ》の前で、中村が車を停車させた。

遥は佳人がドアを開けるより先に自分でさっさと車から降りると、周囲をざっと見渡して、慣れ親しんだ場所に戻ってきたときのような溜息を洩らす。

「確かにここは俺の家だ」

「ええ。土曜の朝、タクシーを呼んでここから空港に行ったんです」

佳人はさらりと説明し、期待を込めたまなざしを遥に注ぐ。

しかし、遥は気難しい顔をしたまま、しばらく頭の中を探っているような間を作ったあと、首を横に振った。やはり思い出せないらしい。

内心の落胆を押し隠し、佳人はできる限り明るく振る舞うよう心がけた。

一番辛いのはきっと遥だ。焦《あせ》らせて無理をさせてはいけない。

家の中はいつものとおり、通いの家政婦である松平《まつだいら》の手で、きちんと片づけられている。午後七時には帰ると連絡しておいたので、夕食の準備まで整えられていた。

遥は勝手のわかった迷いのない足取りで書斎のドアを開け、ちらりと室内を見渡すと、次に二階への階段を上がり始めた。

心配だったので、佳人もついて行く。

階段を上り切ったところで、遥はおもむろに佳人を振り返り、ちょっと眉を寄せた。

「きみもこの家で寝起きしていたんだな？」

「はい」

「俺はよほど寂しがり屋だったらしい」

自嘲気味に呟く遥に、佳人はぐさりと心臓を貫かれた心地がした。まるで、それまでの自分がしていたことが、今の自分には信じられないほど酔狂なことだったと後悔しているようで、佳人は自らの存在を否定された気持ちになったのだ。

二階でも遥は真っ直ぐにダブルベッドが据えられた寝室のドアを開け、今度は中まで足を踏み入れた。佳人は今し方受けた衝撃からすぐさま気を取り直すことができず、廊下に立ちつくしたままでいた。

五分ほどして、部屋でジャケットを脱いだ遥が出てくる。

「きみの部屋は？」

「あ、はい、あちらの洋室をお借りしています」

佳人はやっと気持ちを落ち着かせ、答えた。よもや遥の口からこんな質問をされる日が来るとは思いもしなかった。

「そうか」

遥は完全には納得し切れていない表情のままだ。なにかしっくりとこない……そんな心境が伝わってくる。自分の気質を鑑《かんが》みて、秘書である佳人との関わり方がなんとなく理解できない、といった感じのようだ。確かに、普通に考えれば、よほど事情がない限り、親戚でもない男を職業上の必要性もさしてないのに同居させはしないだろう。

今までのことをすっかり話したほうがいいのかもしれない。ずいぶん複雑な事情があって、どこからどう話せばいいのか迷うが、佳人は決意して口を開きかけた。

しかし、それより先に、遥が心底疲労した声で、「今から少し休む」と言い出し、機会を失してしまった。

「家政婦さんが夕飯の準備をしてくれていますが、どうされますか？」

「夜中に起きて食べる。きみはきみで勝手にすませろ」

「……はい」

「風呂も俺にかまわず先に入ってくれ。今までどんなふうにしていたのか知らんが、どうもきみは俺にかなり遠慮しているようだ。仕事上の上下関係を家にまで持ち込んでいたとすれば、それは俺がぶっきらぼうで言葉が足りなかったせいだろう。今後は気にする必要はない」

記憶が完全でないせいなのか、遥はできる限り頭に浮かんだことを言葉にして出すよう心がけているようだ。前に比べるとずいぶん口数が多く、率直な物言いをする。自分から、言葉が足りなかった、などと反省じみたことを口にする遥に、佳人は複雑な気持ちがした。遥にこんな素直な態度がとれるとは思いもしなかった。それだけ今の自分に自信が持てず、闇の中を手探り状態で進んでいるような不安定さがあるということなのかもしれない。虚勢を張っているだけの余裕がないのだ。

「お気遣いいただいて、ありがとうございます」

佳人は遥との間に社長と秘書という一線を引いたまま答えた。

しばらくは、このまま様子を見たほうがいいだろうと思い、本当はすぐにでも遥に抱きついて唇を合わせたい衝動を必死に抑えた。

「明日は何時だ？」

遥は佳人の心境など与《あずか》り知らず、きびきびした口調でスケジュールの確認をする。

佳人もすぐさま気持ちを入れ替えた。傷ついて消沈するのは一人になってからだ。

「八時ちょうどに中村さんが迎えにきます」

「わかった」

仕事のことになると、以前とまったく変わらない。いつもの遥さんだ、と感じられ、佳人はそれについては安堵した。

焦りは禁物。佳人はもう何度となく胸の内で繰り返し自分を諌《いさ》めてきたセリフを、あらためて心に刻み込む。

ああすればよかった、こうすればよかったと、つい過ぎたことを考えて落ち込みがちにもなるが、起きてしまったことは現実として潔く受け入れるほかない。

遥との間にまだ絆が生きているのなら、そのうち遥は必ず佳人を思い出すだろう。

何年でも待つ覚悟はできている。

問題は、遥がどこまで佳人に待っていることを許してくれるのか、それだけだと思えた。

その晩、佳人は久しぶりに自室で独り寝した。

遥と一緒のベッドに寝るようになったのは去年の今頃からだったので、およそ一年ぶりになる。

それまでは佳人の部屋にもシングルのベッドが置かれていたのだが、遥は「もうこれは必要ないだろう」と、照れを隠すような仏頂面で言い、不要品回収業者に引き取らせてしまった。

まさかその頃は、将来こんなことになるとは想像もしなかったわけである。

ベッドはもうないが、遥と一緒に寝るわけにもいかない。

佳人は和室の押し入れに仕舞ってある和布団一式を自室に運び込み、フローリングの床に敷いて寝た。

この先しばらくはずっとこんなふうにするのかと思うと、寂しさが込み上げる。

佳人は何度も寝返りを打ち続けて、よく眠れないうちに夜明けを迎えた。

スケジュールどおり、朝八時きっかりに自宅を出て、まずは遥が最初に興《おこ》した会社である黒澤運送の事務所を訪れた。六社あるうちで、現在ここだけは、まだ遥自身が代表取締役として直接采配をふるっている。ほんの一ヶ月程度とはいえ、佳人自身事故係として勤めた経験があるだけに、佳人としても他の五社より身近に感じられる会社だ。

社員の間に動揺が広がるのを避けるため、遥が本調子でないことは、基本的に各社の上層部にしか知らせない方針になっていた。しかし、黒澤運送には、遥がほんの青二才の中小企業経営者でしかなかった頃から苦楽を共にしてきた仲間が数名いて、道義的に彼らを無視するわけにはいかず、そこまでは打ち明けてあった。

遥が専務や常務、部長たちと、社長室で打ち合わせをしている間、佳人はここで事故係をしていた際の上司に当たる柳《やなぎ》係長に「ちょっと」とデスクまで呼び寄せられた。事務所の最奥に机を構える事故係は、現在、柳と派遣社員一名で業務をこなしている。ちょうど派遣社員は外に出ていて不在のようだ。事務机を三つ並べた小さな島に、柳だけが残っていた。

「しかし久保、今のままじゃおまえが辛いんじゃないのか？」

佳人を傍に来させた柳が、心配げな顔つきでひっそりと確かめる。

柳もまた、遥と佳人の関係を知っている社員の一人だ。プライベートまで打ち明けるくらい、柳に対する遥の信頼は厚く、柳自身もまた遥を「若いのにうちの社長は骨がある。おまけに相当剛胆でやり手だ」と褒め、感服しているようだった。

そんな柳に気遣われ、佳人はへたな意地を張らず、正直な気持ちを吐露した。

「できればおれも、一切合切社長に話して、思い出してくださいと取り縋りたい気持ちでいっぱいです。でも……そんなふうにしたら、社長は自分自身がどういう男だったかわからなくなるかもしれない。今の社長には、おれと普通じゃない関係だったなんて、理解できないはずです。アイデンティティが崩れて、ますます混乱させてしまうのがオチじゃないかと思うと、おれの口からは何も言えません」

「まぁ、いきなり聞かされたら驚きはするだろうがなぁ」

「それに、社長が以前と同じ気持ちでおれを見ない以上は、過去のことをいくら言っても仕方がない。ずっと考えて、おれはそういう結論に達したんです」

「それじゃあ可能性は二つしかないぞ」

「ええ」

遥が記憶を取り戻すか、それとも、今のままでもう一度佳人を好きになるか。

柳は至極難しそうな顔をして、唸《うな》り声を発する。

それを聞いた佳人は、どちらにしてもそれなりの幸運に見舞われなければ、望む結果に至るのは難しそうだという感触を強くした。

「おまえと社長はずっと一緒にいるんだろうと、疑いもしていなかったんだがなぁ」

ここ最近になってようやく、お互いへの気持ちが揺るぎないものだと確信し合えたばかりだったというのに、こんな形で引き裂かれ、ご破算《はさん》になりかねない落とし穴が待ち構えていたとは、つくづく運命の残酷さを感じる。

佳人は十代の頃からある意味辛酸を嘗《な》めて生き抜いてきたし、遥と会ってからもここまで来るには相当な紆余曲折を経ていた。もう十分だろう、この上まだ苦悩しなければ、遥と一緒にいたいというささやかな願いすらも叶えられないのか——人並み以上に辛抱強いと自負している佳人だが、さすがに今度の一件には打ち拉《ひし》がれた。

「とにかく、諦めるな。たとえ過去を取り戻せなくても、社長はきっと何度でもおまえを好きになる。もしものときは、もう一度はじめから恋愛すればいいじゃないか」

「はい」

「そのときは、前みたいに焦れったいのはなしにしろよ」

最後は軽く冷やかされ、ぽん、と元気づけるように肩を叩かれた。佳人は柳の言葉におおいに勇気づけられ、感謝する。諦めるな、というのは、事故係をしていた頃にも柳からよく言われたセリフだ。諦めたときが負けるとき。粘れば開けたかもしれない道も、諦めた時点から閉ざされる。佳人はあらためてそれを嚙みしめ、気をしっかり持つように努める。

打ち合わせを終えた遥が二階から下りてきたので、次の場所に向かう。

通販会社の『メイフェア』、アダルトビデオ制作会社の『トライベックス』、消費者金融会社『プレステージ』といったように他の五社にも顔を出し、それぞれの代表取締役や重役と顔を合わせて現況を説明し、協力を求めた。こんな事態になる前に、五社に社長を立てて運営を任せる体制にしていたのは不幸中の幸いだ。基本的に遥自身は経営に携わらず、オーナーとして取締役クラス以上の人事権だけ握っておき、あまりにも業績不振が続く場合には社長以下役員の首をすげ替える形で、会社を成長存続させることにしていた。とりあえず、今のところは各社の経営陣に任せておけば問題はない。

唯一、『プレステージ』の稲益社長だけが、日曜に起きたATM破損事件のことを気にかけていたのだが、遥がそれどころではない状態に見舞われたと知り、かなりまごついていた。まだつい先月遥と代わって代表取締役に就任したばかりの、四十代半ばくらいの男だ。それまでは専務取締役として遥を補助していた。金融業という業態の性格上不穏なことも多いので、突発的な事態に関しては遥の意向を確認しながら処理するようになっていたらしい。

稲益は日曜に自分が電話したあとすぐ、遥が事故に遭って記憶障害を引き起こしたことに、他の誰より驚いていた。

「それでは、私がお電話でお話ししたことも、覚えておられないわけですか?」

「ああ。まるっきり記憶にない」

遥の返事に稲益は「はぁ」と当惑し切った顔をする。

だが、そう答えざるを得ない遥のほうが、稲益の何倍も複雑だったはずだ。

ATMの一件に関しては、今後またこうした事件が起きないよう、社として危機管理体制を強化すべきだというところに落ち着き、具体的な対策に関しては後日あらためて話し合うことになったらしい。

「久保くん」

帰り際、佳人は稲益に呼び止められた。

「しかしまだ信じられんよ。こんなこともあるんだねぇ」

稲益はしみじみとした口調で言う。

「きみも今後ますます大変になるだろうが、社長をよろしく頼むよ」

「はい。できる限りお力になれるよう努力するつもりです」

「早く記憶が戻ればいいんだが」

最後は必ずどこででも言われる言葉で締めくくられた。

誰の願いも同じなのだ。

休む間もなく慌ただしく行動しても、六社すべてを回り終えて帰宅したのは午後九時前だった。

真っ直ぐ書斎に引き取った遥の背中を、かける言葉もなく見送ったところで、来客を知らせるインターホンの音がする。こんな時間に誰が来たのだろう、と身構えつつ玄関に応対に出た佳人は、引き戸を開けた途端、「よお」と気易く声をかけ、無遠慮にずかずかと中に入ってきた長身の男に一瞬呆気にとられた。

「東原《ひがしはら》さん」

「久しぶりだな佳人。遥、いるんだろ?」

「は、はい」

東日本一の勢力を誇る広域指定暴力団川口組《かわぐちぐみ》のナンバー2、東原辰雄《たつお》だ。出るところに出れば周囲を平身低頭させる大物だが、なぜか堅気の遥とは以前から厚い信頼の絆で結ばれているようで、互いに一目置き合っている仲だ。佳人が遥と出会うきっかけを作ったのは、この東原だった。佳人も懇意にさせてもらっている。

佳人は靴を脱いで上がり込んできた東原を、このままますぐ遥と会わせるのはまずいと躊躇した。遥がここ二、三年間の記憶を綺麗になくしてしまっていることを、先に告げておく必要があるだろう。同時にまた、佳人との関係についても、しばらくは伏せておくつもりだと知らせ、東原にも口裏を合わせてもらわなければならなかった。

「あの、東原さん……」

「遥のやつ、事故で頭を打って記憶がぶっ飛んでるんだって？」

切り出しかけた佳人の言葉尻に被せるようにして、東原が単刀直入に聞く。

佳人は目を瞠った。もう東原の耳にまでこの件が届いているのかと、情報の早さに驚いたのだ。会社の関係者以外にはまだどこにも知らせていないはずだった。なにしろ、昨晩、宮崎から戻ったばかりである。いったいどうやって、と首を傾げかけたとき、東原がさらに言葉を足した。

「こっちでなにもしてやれなくて悪かったな」

そこで佳人はようやく東原が遥の身の安全を心配して手配したボディガードの存在を思い出す。商売柄、本人も与り知《あずか》らぬところで敵を作ったり、逆恨みを買ったりするケースも少なくない遥を、目立たぬように陰から警護させている。どうやら東原はそちらから情報を得たらしい。さすがに今回の一件ではボディガードも役に立たなかったようで、東原はそのことも気にしている様子だった。

東原は佳人にずいと近づくと、「大丈夫か、おまえ？」と真摯な顔で言う。

「一難去ってまた一難、だな。本当におまえたち、トラブルというトラブルに巻き込まれるような星回りになっているらしい」

「おれも突然のことに戸惑っています」

「おまえのことをまるで覚えていないそうじゃねぇか？」

「……はい」

佳人は胸の痛みを意識しながら沈鬱《ちんうつ》な声で答える。

「しょうがねぇなぁ……こればっかりはなぁ。いつ記憶が戻るのかは神のみぞ知るなんだろ。おまえもこれからちょっと辛いな、佳人？」

東原の声には心から佳人を心配し、励まそうとする響きがあった。

事情を知っている男にそういった言葉をかけてもらえるだけで、佳人は勇気づけられる。どれほど気をしっかり持たなくてはと思っていても、少しでも弱気になると、せっかくの決意も萎《しぼ》みがちだ。立ちはだかる壁の大きさに挫《くじ》けそうになる。そこを、あらためて発憤させられた気分だ。

「遥には、おまえとあいつが過去にどんな関係だったのか、俺の口からは言わねぇほうがいいんだろ？」

佳人の気質をよく知った東原は、佳人が頼む前に自分から気を利かせた。

「はい。おれは、今の遥さん自身の気持ちがおれに向かない限り、遥さんに過去を押しつけるようなまねはしたくないんです。……辛い、ですけど」

「きっとおまえはそう言うと思った」

東原は鋭い眼光をした目を細めて苦笑する。

「相変わらず意地っ張りで強情な男だな、佳人。だが、俺はおまえのそんなところが気に入ってるんだ。俺もこの先、助けられることは助けてやりたいと思っている。だから佳人、くれぐれも早まらず、気を長くして事に当たるんだぞ」

親身な態度でそう言うなり、東原は踵《きびす》を返して佳人の傍らを離れた。

「遥さんは書斎です」

佳人は東原の背中に向かって声をかける。

「ああ」

東原は振り返らずに、承知しているとばかりに相槌を打つ。

「ところであいつ、俺のことは覚えているんだろうな?」

「たぶん。いえ、きっと」

佳人がきっぱり答えると、東原は礼の代わりに片腕を上げて見せ、勝手知ったる足取りで廊下を進んでいった。

記憶がすっぽりと抜けたままの状態で、五日、六日と日が過ぎていく。

あからさまな言動にはしないが、遥の焦燥《しょうそう》と苛立ちは、徐々に深刻さを増していく表情や、時折周囲の声も耳に入らなくなるほど考え込む様子から明らかだった。

傍で見ている佳人も辛くてならない。

一時は、心に浮かんだ疑問や思いを、包み隠さずぶつけてくれた時期もあったのだが、そういったことも少しずつ減っていき、結局、以前と同じくらい寡黙で無愛想な遥に戻った。しかしそれは、遥が本来の遥らしさを取り戻したというのとは違い、失った記憶をどうにか修復し、現在と結びつけようと必死になるが故の、余裕のなさを示しているだけのようだった。

当初、遥の記憶はすっぽりと二、三年分なくなっているのかと思われていたが、場合によってはそれより新しいことでもところどころ記憶しているらしく、筋道を立てて説明すると、そう言えばそうだった、とうっすら思い出すときもある。それは、遥はもちろん、佳人にとっても大層勇気づけられることだった。空白部分に一つずつ記憶のピースが増えていけば、いずれ連鎖的にその他のことも思い出せるのではないか。佳人は少なからぬ期待を抱いた。

黒澤運送で遥が社長として執務をこなすのに、記憶がないせいでわからない点がある場合、遥は躊躇いなく佳人の知識を頼ったり、意見を求めたりする。そういうことはこれまでなかったので、佳人は最初ずいぶん戸惑った。しかし、慣れてくると、遥との距離がぐんと縮まったようで、喜びを感じるようになってきた。少しでも遥の補助ができれば嬉しい。佳人は常に、今の自分が遥のために何ができるのかを考えて行動するよう心がけていた。プライベートで離れてしまっているぶん、仕事上で密接な関わりが持てるのは、ありがたいことだ。慰めにもなっている。

仕事中は社長と秘書という立場で他の誰より遥の間近にいられるのだが、それ以外のときはよそよそしいほど距離を置いて接せられた。遥は帰宅するとさっさと書斎に閉じ籠もってしまい、佳人と一緒に夕食のテーブルに着くこともなければ、茶の間でくつろぐこともないのだ。

同じ屋根の下に暮らしていても、別々に食事をし、ほとんど顔を合わせることもなく入浴して就寝する。記憶をなくして戻った最初の日に、遥から「かまわないでくれ」と言われたので、佳人はぴったり閉ざされた書斎のドアを叩けない。お休みの挨拶《あいさつ》もできないまま、毎晩自室の布団で寝る日が続いていた。

朝は朝で、遥はずっと昔からの習慣どおり、早朝からジョギングに出掛け、勝手にトーストとコーヒー、卵料理の食事を一人前準備し、食べ終えている。もちろん、佳人も遥の起きる時間に合わせて起き、遥がジョギングから戻った際に朝食の仕度を整えておいて一緒のテーブルに着くことは可能なのだが、そうすると遥は煩わしさを感じて嫌がるだろうと察されるだけに、遠慮が先に立つ。

それまでは、いわば家族と同じ感覚で寝食を共にしていたのだが、今の遥は佳人を単なる下宿人と見なしているようだ。佳人のプライベートを尊重するからこそのよそよそしさ——言ってみればそんなところになるのだろうか。遥は遥なりに気を遣っているのが感じられるが、かえってそれが佳人には辛い。互いの気持ちが裏目裏目に出てしまっているようで、佳人はやるせなくて仕方なかった。

遥が事故に遭ったことは極力おおっぴらにしない方向でいっていたが、こういった噂はどんなに伏せておこうとしたところで、自然に広まるものである。

三日目くらいから、ぽつぽつと取引先からびっくりした声でお見舞いの連絡が来始めた。実際に訪ねてきて、遥の無事な姿を確認する人たちも少なくない。

そんなさ中のある日のこと、一人の女性が黒澤運送を訪れた。

「あのう……」

女性は、躊躇いがちに入り口のガラス扉を開け、慣れぬ様子で事務所の中に入ってきた。

「いらっしゃいませ」

たまたま一階の来客用カウンターに近いキャビネットに帳票を取りに来ていた佳人が、事務の女性社員より先に応対する。本社事務所内にある営業本部には、宅配の荷物を直接持ち込みしてくるお客も多い。はじめ佳人は、そのスーツを着たOLふうの女性を、そういった用件の客だと思った。しかし、すぐに、女性が肩に掛けたショルダーバッグ以外どんな荷物も持っていないことに気づき、飛び込みの営業かなにかだろうかと考え直す。

カウンター越しに佳人と向き合った女性は、どう切り出せばいいのか迷うように、しばらく逡巡した表情を浮かべていたが、やがて意を決した様子で口を開いた。

「こちらに黒澤遥さんはいらっしゃいますでしょうか？」

「社長ですか？」

「はい、たぶん」

唐突に遥の名前が出て意外さを隠し切れずに確かめた佳人に、女性はいささか曖昧《あいまい》な返事をした。返事は曖昧でも、ここまで切り出したら度胸がついたようで、ぱっちりとした黒い瞳からは、迷いや気後れのようなものは消えていた。

いきなり遥を訪ねてきた女性に、佳人は当惑を隠せなかった。

佳人が遥の傍にいるようになってから、プライベートで関係がありそうな女性が現れるのは初めてだ。

「失礼ですが、どちら様でしょうか？」

「あ、すみません。私、田村《たむら》と申します。田村敦子《あつこ》です。そう言っていただければ、もしかするとおわかりになるかもしれません」

しっかりした口調で名乗った女性——敦子の言葉から、佳人は敦子が遥の事故を承知しているのだとわかった。

「私、黒澤さんの昔の知り合いなんです」

「……事故のことを、どちらかで？」

「はい」

慎重に聞いた佳人に、敦子は微かに眉根を寄せ、いたわしそうな表情で頷く。

敦子は知的で落ち着いた雰囲気の綺麗な女性だった。肩の下まで真っ直ぐに伸ばした黒髪と色白の肌が印象的だ。ナチュラルメークを施した細面の顔も品がいい。背は女性にしては高めで、トレンチコートを羽織ったパンツスーツ姿が似合っている。年齢は三十に届くか届かないかといったところだろうか。ある程度キャリアを積んだ有能なＯＬという雰囲気が、そこはかとなく醸し出されている。

昔の知り合い。

どういった知り合いなのだろう……。

佳人は敦子を見ているうちに漠とした不安に包まれた。

敦子が遥の隣に寄り添う姿がいとも容易く想像できる。なぜそんな想像をしたのかわからない。自然と頭に浮かんできたのだ。二人はお似合いだった。佳人は敦子を遥に会わせたくないと思ってしまい、次の瞬間、一瞬でもそんな気持ちになった己を恥じた。どんな用件で遥に会いに来たのかもしれない敦子に、一方的に狭量な感情を抱くとは、自分で自分が信じられない。

佳人は胸の内で冷静になれと自分に言い聞かせつつ、敦子に精一杯の笑顔を向けた。

「社長に取り次いでまいりますので、しばらくこちらでお待ちいただけますか」

敦子に断って、佳人は急ぎ足に二階の社長室に行った。

遥は幅広の執務机に着き、書類に目を通していた。

佳人が来客を告げると、それまで伏せていた顔を弾かれたように上げる。

「田村敦子だと？」

遥の顔つきは、みるみる平静さを欠いていく。まず、信じられないという驚愕、それから、苦悩と歓喜と自省が複雑に入り交じった表情が次々に表れる。

やはり、敦子は遥にとって、忘れようにも忘れられない因縁のある女性なのだ。

そのとき佳人の脳裏に浮かんだのは、昔ちらりとだけ聞いた、遥が大学時代に付き合っていた恋人のことだった。

彼女と遥が別れることになってしまった理由はかなり悲惨なもので、佳人は遥の心中を思いやるたびに、自分まで息苦しいくらい胸が締めつけられていた。もしも佳人が遥の立場なら、自責の念に押しつぶされてしまっただろうと思うのだ。佳人がそうなら遥も同じ、いや、もっと辛かったに違いない。責任感が強く、淡々としているようでいて実際は情の深い遥のことだ。十年以上経った今でもその後悔は残っており、生半可なことでは頭の中から払いのけてしまえないのではないかと心配になる。

おそらく敦子がその、遥の昔の恋人だった女性なのではないか。

佳人は無意識のうちに奥歯を噛みしめていた。

とうとう来るときが来た……そんな嫌な予感が頭を去らない。

「お通ししてもよろしいですか？」

「あ、ああ。通してくれ。ここではなく、応接室だ」

しばし茫然としていた遥は、佳人の声に我に返ったようで、動揺を隠せぬまま返事をする。

「はい。畏《かしこ》まりました」

遥が来客を応接室に通せと言うのは珍しい。東原と関係の深い遥が何か有益な情報を握っているのではないかと探りを入れに来る四課の刑事たちか、行政の担当者などといった連中が訪ねてきたとき以外では、めったに応接室を使うことはない。彼らをわざわざ応接室に連れていくのは、懇意にしているわけではないのだから自分のテリトリーに入らせたくないという意思表示なのだろう。遥はしゃちほこばったことが好きではないのだ。社長室にも応接セットが一組据えてあり、たいていはそこですませる。佳人のデスクも社長室の片隅にあるため、そうすると遥と客の会話は自然と耳に入るのだが、遥はまったく気にしないようだった。あえて敦子を応接室に通すよう指示したのは、敦子との話を誰にも聞かれたくないからに違いない。二人がどんな話をするのかは想像もつかないが、佳人の胸は不穏にざわめき、どうにも平静でいられずにいた。

それでもなんとか気持ちを抑え、敦子を社長室の隣の応接室に案内し、お茶を淹れに一階の給湯室へ向かう。

社長室のドアの前を通り過ぎようとしたとき、内側からドアが開いて遥が出てきた。

佳人は軽く頭を下げていったん遥とすれ違い、少し先まで進んでからそっと首を回して後ろを見た。ちょうど遥は応接室のドアの前に立ったところだ。

ドアの前でふう、と一つ深呼吸する。

これほど緊張している遥を見るのは初めてのような気がした。

よほど敦子のことを意識しているのだろう。会いたかったのか、それとも会いたくなかったのか、佳人にはどちらとも判別がつかない。ただ、敦子からここに来た以上、遥には通さねばならない義理があるのは確かなようだ。

佳人が遠目に見守る中、遥は軽くノックしてドアを開けた。

「……敦子さん」

遥の声が佳人の耳にまで届く。少し困惑したような、バツが悪そうな、硬質だが確かな情があることを感じさせる声だった。事故以来、佳人には決して向けられることのなくなった、ごく個人的な親しみに満ちた喋《しゃべ》り方である。

居たたまれなくなって、佳人は足早に階段を下りた。

「おい、久保」

「柳係長」

階段下に思案深げな顔をした柳が立っており、佳人は柳に「ちょっと来い」と給湯室まで引っ張って行かれた。

「女性の客が社長を訪ねて来たんだって？」

早速誰かが敦子のことを柳の耳に入れたらしい。

まだ心を落ち着けられずにいた佳人は、柳に捕まって単刀直入に聞かれ、さらに狼狽えた。

「え、ええ……いらっしゃいましたよ……」

覚束ない調子で答える。

「誰だか知ってんのか？　どうも取引先の関係者なんかじゃなさそうだって事務の女の子たちがひそひそ噂してたぞ」

佳人は柳にじっと視線を当てられ、どんな顔をすればいいのか悩んだ。純粋に佳人の心配をしてくれている柳を、適当な言葉であしらうのは躊躇う。たぶん、そんなことをしても柳も納得しないだろう。

「昔のお知り合いみたいです」

佳人はどうにか冷静さを取り戻し、なるべく感情を出さずに答えた。そして「失礼します」と柳に断りを入れてキッチンキャビネットに向かい、急須と茶筒を取ってお茶の用意を始めた。

柳は出入り口を塞ぐ格好で立ったまま、「うーん」と気難しそうな唸り声を出す。

「社長が本調子じゃないって話は結構広まってるみたいだな。儂《わし》もここんとこ立て続けに『本当ですか』『大丈夫ですか』って取引先の連中や営業所の社員らに聞かれたよ」

「いつまでも隠しておけることではないですから、仕方ありませんよね」

ポットの湯を注ぎながら、佳人はあえて個人的な感情を殺した通り一遍の相槌を打つ。

「そりゃまぁな、人の口には戸が立てられないと昔から言うくらいだ。いずれ周囲にも知れ渡るだろうってのは最初から予測できてたことだが……なんだか、ちょっと変な具合になってきた気がしてしょうがない。単なる年寄りの取り越し苦労ならいいんだけどよ」

それで柳は気になってじっとしていられず、わざわざ佳人を待ち構えていたらしい。

「すみません。係長にまでご心配をおかけして」

他人のことを自分のこと同然に気にかけてくれる柳の気持ちが、ありがたく身に沁みる。さっき静めたばかりの気持ちがまた昂ってきて、佳人は喉を詰まらせそうになりつつ言った。

「なぁに言ってんだ、水臭い！」

柳は照れの交じった顰めっ面でそっぽを向いた。面と向かって佳人に感謝されると弱いらしい。だが、すぐにまた表情を引き締め直し、言おうか言うまいかさんざん逡巡した挙げ句に、佳人とこうして向き合っているのだという心境を覗かせる。

「真面目な話、社長に全部話したらどうなんだ？」

たぶん、そうくるだろうと思っていたとおりに柳は言った。

佳人自身、何度最初の決意を翻《ひるがえ》し、遥に「話があります」と切り出しかけたかわからない。二人きりになったときには、必ずといっていいほどその誘惑に駆られた。しかし、佳人は毎度思い切れぬまま口を閉ざしてきていた。

最大の理由は、やはり、遥に過去を押しつけたくない、ということだ。

今の遥が佳人に向ける目を見ると、部下としての信頼や親しみは有り余るほど感じられるのだが、それ以上の特別な感情はまったく窺えない。プライベートには極力立ち入られたくなさそうなのが伝わってくる。朝から晩までほぼ一日中一緒だが、あくまでも他人であるという一線をはっきり引いていて、互いにそこを踏み越えないことを暗黙のルールにしている感がある。

そんな遥に、自分たちは特別な仲だったと告げて、どうなるだろう。

佳人は諦観《ていかん》に浸されながら、静かに首を振った。

「社長が受け入れられるとは思えないんです」

「話してみなけりゃわからんだろ?」

「いえ。おれにはわかります」

言えば遥はきっと当惑し、悩む。一週間あまりずっと遥と行動を共にしてきた佳人を見てきて、遥が秘書としての佳人を高く評価してくれていることは言葉の端々に感じられる。その佳人の話を、遥は質の悪い冗談だとは捉えないだろう。

まったく記憶にない上、現在は佳人に愛情までは感じていないはずの遥だ。それでも、義理堅い性格なので、これまでの経過を聞けばきっと素知らぬ顔はできず、責任を取らなければと考えて無理をする可能性は十分ある。佳人には、それがかえって苦痛だ。遥自身も幸せになれないと思う。そういう形で一緒にいても、そのうちきっとぎくしゃくしてきてうまくいかなくなるのは目に見えている気がした。

佳人のきっぱりとした返事を聞いた柳は、まだ何か言いたそうにしていたものの、結局は深々とした溜息をついたきり頷いた。佳人がこうと決めたら結構強情なことを知っているから、これ以上言っても無駄だと諦めたのだろう。

「すみません」

「いや、謝らなくたっていいんだ、べつに」

「はい」

「儂はな、どんな形であれ社長とあんたがそれぞれ幸せならいいと思ってる。それだけなんだよ、久保」

「……はい」

「今のままで社長と一緒にいるのが辛いんなら、別の道を行くことも選択肢の一つだ。ただ、その場合はあんた自身が幸せでいられる道を選べよ。他の誰かに気兼ねすることはない。社長だって、もし自分が先々こんなふうになると知ってたら、きっとこれと同じことをあんたに言い残してから記憶をなくしたに違いないと思うんだ」

「柳係長」

不意に鼻の奥がつんとして、佳人は慌てて柳から顔を背け、俯いた。柳の言葉が本当に遥の言葉のように感じられ、胸にずんと重いものがのし掛かってきた心地がした。

「ああ、つまりだな……」

柳は困惑した様子で咳払いする。

「今、上に来ているのが社長とどういう関係の女性にしろ、そんなことは気にするなよ、って言いにきただけなんだ」

「わかりました」

「よし」

ポン、と佳人の背を軽く叩き、柳は「さてと、仕事だ、仕事」と呟きながら離れていく。

柳の気遣いは、佳人をしんみりとナーバスにさせた。

できることなら、佳人も敦子のことは気に留めずにいたい。ただ遥の見舞いに来ただけの知人だと思いたい。だが遥のあの緊張ぶりを見る限り、そんな軽い関係の女性でないことは明らかだ。

おそらく、大学時代に付き合っていた恋人に間違いないだろう――佳人の勘がそう囁いていた。

別れたのは十年以上も前だと聞いたが、やはり、お互いにまだ未練があったのだろうか。

嫌いになって別れたわけではない。むしろ、遥のほうは敦子を守り切れなかったことに相当な負い目を感じ、責任を取るつもりでいたはずだ。別れを切り出したのは敦子の方からだと佳人は思っている。遥はきっと忸怩たる気持ちになりつつも、それが敦子の望みならばと、引き留められなかったのだ。

――だとすれば。

佳人は続きを考えて、ぞくりと背筋に震えを走らせた。

そこから先は怖くてうっかり考えられない。

形作り始めた思考を頭の中から追い出し、佳人はきゅっと唇を嚙みしめた。

トレイにお茶を載せ、一歩一歩踏みしめるようにして階段を上がっていく。

応接室をノックするとき、先ほどの遥と同じくらい、佳人は緊張した。ドアの手前で呼吸を整え、ともすれば外にまで聞こえているのではないかと心配になるほど高鳴る心臓をなんとか静め、足や手が不用意に震えないように精神を集中させる。

そうやってようやく足を踏み入れた応接室内では、佳人が予想した以上の重苦しくぎこちない雰囲気が二人を覆っていた。

遥は少し前屈みになって胸の前で腕を組み、苦渋を覗かせた表情をしている。向かい合う敦子もまた、そわそわと落ち着かない様子で、俯き加減だ。膝の上に置いた手を、頻繁に組んだり解いたりしている。

佳人がお茶を持ってきたことで、二人の間の緊張はいくぶん和らいだようだった。気を取り直すきっかけになったのだろう。

「……そんなわけで、事故の直前まで自分が何をしていたのかも思い出せないまま、かれこれ一週間になる」

遥から重たげに口を開いて喋りだす。

佳人は敦子の傍らに進み、横合いからそっと茶托に載せたお茶を出した。敦子が印象的な黒目を向けて、ありがとうございます、というように会釈《えしゃく》する。静かな物腰の、気品のある女性だと佳人はあらためて思った。遥と一歳しか違わないと聞いていたが、相応に落ち着いている。たおやかな女らしさの中に芯の強さを感じさせる、きりりとしたところが見受けられた。どちらかというと恋愛感情に疎《うと》そうな遥が、初めて心を摑まれた相手だとしても、納得がいく。

「周囲の話によると、俺の記憶が抜けているのは、ざっとここ二、三年の間のことらしい。見覚えのない顔触れは、だいたいその間に縁ができた者たちのようだ」

佳人は遥の言葉にピクリと体を反応させ、ここ最近しばしば感じているやるせなさを、またもや味わった。今や佳人も、その中に一緒くたになって含まれるだけの存在なのだ。

「それじゃあ私のことは覚えているのね？」

「ああ」

遥がはっきりと答える。

ズキリ、と佳人は胸を抉《えぐ》られる思いがしたが、態度や表情には出さないように努めた。

「よかった……」

反対に敦子のほうは、心の底から安堵したような溜息をつき、肩の力を抜いた。ほっとした気持ちが白い頰に僅かな赤みを浮き上がらせ、敦子をさらに美しく見せる。佳人はなんとも言い知れぬ心地がした。きりきりと胸が痛む。

「しかし、きみはどうして俺のことを知ったんだ？」

遥は佳人が差し出した茶碗を手元に引き寄せながら、訝しさを隠さずに聞く。

ずっと長い間疎遠になっていて、会うのはもちろんのこと、話すのも十何年ぶりのはずなので、その疑問は佳人も抱いていた。

「実は私、高校時代からずっと仲良くしている友人がいて、その子があなたの経営している『メイフェア』と取引関係にある会社に勤めているの」

そこから今回の話を耳に挟み、真偽も定かでない噂話に不安を掻き立てられ、矢も盾もたまらなくなって訪ねてきたらしい。

「今さらすぎるとは思ったんだけど……どうしても、どうしても会いたくなって来てしまった。もし私にできることがあれば、なんでもいいから手伝いたいと思ったの」

敦子の言葉は真剣で、心の籠もった温かさが聞いている者にも伝わってきた。

お茶を出し終えた佳人は一礼して応接室を出る。遥も敦子も佳人にはちらりとも視線を向けなかった。自分たちのことで手一杯のようだ。

廊下で佳人は、入るとき以上に深く打ち拉がれ、暗い気持ちで溜息をついていた。

今さらすぎるとは思ったけれど、という敦子の言い方が、やはり彼女は遥の昔の恋人だった女性だと知らしめている。

こめかみがずくずくと疼くように痛む。

ただでさえ暗澹《あんたん》としていた先行きが、さらに予測のつかない方向に向かいだした気がして、どうしようもない焦りが込み上げた。

——敵《かな》わない。

他の何に対しても、誰に対してもそんなふうには思わない佳人だが、敦子だけは例外だ。恐れていたことがとうとう現実になってしまった気がする。

遥はきっと敦子を遠ざけはしないだろう。

その昔、ぐれていた実の弟が、遥の留守中アパートの部屋に敦子を呼び出し、仲間と三人がかりで襲うという忌まわしい事件が起き、二人は別れざるを得なかった。佳人は遥自身の口からそう聞いたことがあった。弟の墓参りに付き合ったときだ。

あのとき遥は、弟が半ば自殺行為のようなことをしでかしてバイクの事故で亡くなって以来、数年ぶりに墓前に立ったようだった。ようやく踏ん切りがつけられそうな気がした、といくぶん苦々しげではあったが、どこかすっきりした顔つきで言った遥を覚えている。それまでずっと、何を考えているのかさっぱり推《お》し量れずに、佳人を困惑させ続けていた遥が、初めて佳人に自分のプライベートな一面を明かしてくれたのだ。

出会った当初から佳人は遥の強烈な魅力に惹きつけられていたのだが、それでいよいよ心を鷲《わし》摑《づか》みにされた。

なぜ遥が急に佳人を弟の墓前に連れていく気になったのかは今でもわからない。だが、それをきっかけに、二人の関係が一つの段階を越えたのは確かだ。

生死の境に直面していたところを救ってもらった恩に少しでも報いたい、とはずっと思っていた。その気持ちが恋愛感情にまで高まり始めたのは、たぶんあのあたりからだったのだろう。

たった一人残っていた肉親にまで裏切られ、憎まなければならなかった挙げ句、仲違いしたまま死なれてしまった遥は、強い孤独と人間不信を抱え、仕事に打ち込むことだけを生き甲斐にしてきたところがある。それは形こそ違え、高校時代からヤクザの親分の囲われものの身に甘んじなければ生きていけなかった佳人の境遇と近く、二人は元々共鳴し合う部分を多く持っていたようだ。

紆余曲折を経て、心も体もひっくるめて遥と愛し合えたときの歓喜と感動は、佳人に新たな生きる意味を与えてくれた気さえする。

遥と一緒にいたい。

叶う限り二人で歩いていきたい。

徐々に関係が深まり、言葉などなくても互いを理解し合えている感触を覚えるようにまでなれたのは、ここ半年のことだ。

もういろいろと気を揉む必要はなく、二人の気持ちは一つなのだと確かめられた矢先、今度の事件が起きた。

遥が佳人を忘れてしまったのはショックだった。それでも、気長に待て、元気を出せ、と周囲に励まされ、少し自信過剰かもしれないが、結局のところ遥には佳人しかいないのだと考えることができた間は、まだ気丈にしていられた。

しかし、込み入った事情のある昔の恋人、という予期せぬ存在が現れた以上、そうも気楽に構えてはいられなくなった。

むしろ、今の遥には、敦子こそ必要な人なのではないか。そう囁く声が脳裏でする。

これまでかろうじて保たせてきた希望の糸が、早晩ぷっつりと断ち切られそうな予感に苛《さいな》まれ、佳人は不安で仕方がなかった。

遥と敦子が、二人だけになってから応接室でどんな話をしたのか、佳人にはわからない。

お茶を出したあと、落ち着かない気分を必死に宥めつつ社長室で執務を続けていた佳人は、三十分ほど経った頃、応接室のドアが開く音を聞き、耳をぴくりとそばだてた。

「今日は本当にわざわざ悪かったな」

「いいえ、こちらこそ、忙しくしているところに押しかけてきてごめんなさい」

社長室の前を通るとき、二人の交わす会話がはっきりと聞き取れた。

「でも、会えて嬉しかった。私、ずっと……ずっと、あなたのことが気になっていたの」

「ああ。俺もだ」

「明日は祭日ね。よかったら私、あなたの家に……」

話し声は靴音と共に遠ざかっていき、敦子の言葉は中途半端のまま聞こえなくなった。

咄嗟に、佳人はドアを開けて追いかけ、二人の間に割り込みたい衝動に駆られた。しかし、次の瞬間、はっと我に返り、なんてばかなことを考えるんだと自嘲する。どうかしていた。

敦子を見送った遥が社長室に戻ってきたのは、それから十分ほどしてだ。まだまだ話し足りないことがあって、別れづらかったのかもしれない。その間に佳人は応接室に行き、どちらもほとんど手つかずのままだった茶碗を、複雑な思いで片づけ終えていた。

遥は何事もなかったような顔つきでデスクに座り直すと、佳人には視線でお茶の礼を示したきり声をかけず、おもむろに電話をし始めた。

「急な話で申し訳ないが、知人が手伝いに来てくれることになったので、明後日からしばらく派遣契約を休止したいんだが」

相手は家政婦派遣協会らしい。否応なしに耳に飛び込んできた声に、佳人はまた胸を騒がせるはめになった。

——彼女が手伝いに……？

思いがけない展開だ。さっき帰り際にしていた会話が、結果的にそういった話にまでなったということだろう。明日の祭日は、元々家政婦さんは来ない日だ。明日一日ならばともかく、当面家政婦を断って、敦子に家事を任せようという気に遥がなるとは、意外すぎた。

佳人は、受話器を手に喋る遥にそっと視線を向ける。

遥はいつものごとく特にこれといった感情を浮かべていない。一年半近くも通ってきてくれている松平を、一時的にとはいえ断って、代わりに敦子が家にまで世話をしに来ることをどう捉えているのか、まったく窺わせない。

わざわざ敦子に来てもらうくらいなら自分がしたい——佳人は喉元まで出かけた本心を無理やり抑えつけ、我慢する。それは佳人のわがままだ。以前はごく自然に佳人がしていたことでも、記憶のない遥は与り知らぬことである。確かに、同居させている秘書に家事までさせようとは、公私をわきまえた一般的な感覚では考えつかないだろう。佳人も余計なことをして遥を惑わせるのはよくないと、あえて今日まで何もしなかった。

遥がそうすると決めたのなら、黙って従うべきだ。佳人は己に言い聞かせた。辛くても、はじめに待つと決めたのは自分だ。今さら「実は」と切り出すのは卑怯な気がした。

どんどん居場所が狭まっていく……。

遥との間にはきっと絆があると信じていたのは、佳人の勝手な思い込みだったのかもしれない。すでに佳人の果たす役割は終わっているのではないか。

佳人はどんどん自分を不幸に追い込むようなことばかり考えてしまう。

「久保」

電話を終えた遥が佳人に声をかけてきた。

「さっきの女性は俺の知り合いだ。うちが男ばかりで、家政婦を通いで来させていると話すと、それならぜひ手伝いたいと申し出てくれた」

「はい」

他にどう返事のしようもなく、佳人は短く答えた。胸の内ではもやもやしたものが渦《うず》を巻いている。できることなら「嫌です」と言ってしまいたい。だが、言葉にならなかった。

翌日、敦子は黒澤邸に来て、以前からずっとそうしていたような馴染み方で掃除や洗濯、料理などの家事をてきぱきとこなした。

できる女性というのは、たぶん敦子のような人のことを褒めて言うのだろう。

なにをさせてもそつがなく、佳人はただ感心して見ていることしかできなかった。手伝いましょうかと声をかけても、「いいわ」とにっこり微笑みながら、きっぱり断られたのだ。

佳人が遥と同居していることに、敦子は意外さを隠さなかった。

「上司と始終一緒って、気疲れしない？」

「いいえ、べつに」

「この近くにも、探そうと思えばいい部屋がいっぱいあるわよ」

「そうですか」

佳人の返事はどうにも沈鬱で覇気がなくなってしまう。

その様子を見て、敦子もどうやら、人には話せない事情があるのだと薄々察したようだ。一度そういうやりとりを交わしてからは、もうこの話題には触れてこなくなった。

敦子は溜まっていた有給をこの際全部取ることにしたと言う。敦子の勤める衣料品会社は、事情を聞くと反対しなかったらしい。これまで病気以外ではほとんど有休を使わなかった敦子に、会社もずいぶん好意的な対応をしたようだ。

泊まり込みこそしないが、佳人たちが朝、中村の迎えで出掛けたあと、九時過ぎ頃に遥が預けた合鍵を使って家に入り、夜になって二人が戻るまで待っている。もちろん、夕食の準備も風呂の準備も万全に整えられている。以前であれば、遥は夜の打ち合わせも頻繁にしていたのだが、事故以来は周囲が気を遣っているのか、その機会はぐっと減った。佳人と共に真っ直ぐ帰宅することが多い。二人を、というより、遥を出迎えるエプロン姿の敦子を見るのは、佳人にすれば大変な苦痛だった。

「辛すぎませんか、こんな状態のままいるのは？」

心配して様子を見に来てくれた貴史《たかふみ》に問われたのは、敦子が遥の家に家事の手伝いをしに通うようになって数日経ったときだ。

週明けの月曜日、書店で待ち合わせて久しぶりに会った貴史は、眉を寄せて痛々しげに佳人を見る。敦子の姿をずっと目にしなくてはならなかった週末は、佳人にとって少しも心が落ち着かず、かえって疲れるばかりの休日だった。貴史には、佳人が幾分憔悴《しょうすい》しているように見えたのかもしれない。

若手弁護士の執行《しぎょう》貴史とは、昨年知り合って以来それほど頻繁に会うわけでもないのだが、気持ち的にはお互いかなり深く親しみ合っている。佳人と同年配で、自分自身今ひとつ報われ切れない恋をしている貴史は、佳人の身に降りかかったこのアクシデントを、我が身に起きたことと同然に感じているようだった。

「……東原さんも、佳人さんが思い詰めなければいいんだがと、心配されていました」

貴史は控えめに東原の名を出すと、思い切ったような表情をして言い出した。

「いっそ遥さんになにもかも打ち明けてはどうですか？　そうすることで、もしかすると一気にすべてを思い出す可能性もあるでしょう？」

どきり、と佳人の胸が波立つ。

佳人自身、何度となく考え、煩悶《はんもん》してきたことを、二人のことをよく知っている貴史にまで言われると、心が揺らいだ。

しかし、佳人は結局、いつもと同じ結論に達し、首を横に振るしかなかった。

「確かにその可能性はあるかもしれないけれど、逆に、困惑されて今以上にぎくしゃくした関係になる可能性も同じだけあるのではと考えると、おれは……」

「佳人さん」

言葉を途切れさせ、目を伏せる佳人に、貴史は声のトーンを柔らかくした。さっきまでの自分の口調が、佳人を責めているように聞こえたのでは、と気を回したようだ。何事にも配慮を欠かない貴史らしい心遣いが、ここのところなにくれとなく傷つくことの多い佳人の心に沁みる。

「ここ、出ましょう」

書店の中は重い話をするのに適当な場所ではない。

貴史に促され、連れ立って書店を出ると、ごちゃごちゃした一方通行の狭い道を駅に向かって歩いていった。今夜はどこかで食事をして、ついでに少し飲もうという約束になっている。

道々、貴史は表情を緩ませることなく低めた声で言う。

「僕ですらどこにぶつければいいのかわからない苛立ちを覚えるくらいだから、当事者の佳人さんは、僕の何倍もきつい思いをしていますよね。誰が悪いわけでもないだけに、ちょっとどうしたらいいのかすぐには考えつけない。ただ、悔しいです」

まるで、役に立てない自分を責めるような口調に、佳人は申し訳なくなった。

「貴史さん。おれは大丈夫です、本当に」

「だったらいいけど、佳人さんは無理をする人だから。それに、案外頑固で、強情なところもあるみたいだし」

「そう、ですか？」

どう答えればいいのかわからず、佳人は眉を寄せた。

ふっと貴史が口元を緩め、からかうような眼差しを向けてくる。

佳人は面映ゆくなりながら続けた。

「べつに無理をするつもりはないけれど、もうしばらくはこのまま様子を見るしかないと……思っているんです」

「佳人さんがそう心に決めているのなら、僕がよけいな口出しをするわけにもいかないですね」

貴史はまだ納得し切れていない表情を浮かべたまま答えた。

「だけど、これだけは約束してくれませんか。何か困ったことや、辛すぎて一人じゃ耐えられそうにないことが起きたら、必ず僕か東原さんに相談すると」

いいですね、と念を押され、佳人は頷いた。貴史の気持ちを純粋に嬉しいと思う。

貴史は迷いのない足取りでビルの地下へと続く階段を下りると、『きぬや』と屋号が刻まれた表札を掲げている店の格子戸を引き開けた。

「いらっしゃいませ」

和服姿の女性が出迎える。

さほど広くはないが、居心地のよさそうな、品のいい小料理屋ふうの店だった。

「たまには酔うのもいいですよ」

カウンター席に横並びに腰かけ、おしぼりで手を拭きつつ、貴史が片目を瞑《つむ》ってみせる。

「酔いつぶれても僕がちゃんと家まで送り届けます。ついでに遥さんにも挨拶しておこうかな。遥さん、おそらく僕のことも覚えていらっしゃらないんでしょうからね」

「本当に、すみません」

本来ならば、貴史には多大な恩を感じているはずの遥が、今はそれすらも記憶していないのだと思うと、佳人はますますせつなくなった。

「謝らなくたっていいんですよ、佳人さん。僕はそんなつもりで言ったわけじゃない」

貴史は佳人の手に自分の手を被せ、ぎゅっと握ってくる。

「遥さんが忘れたのは、なにもあなただけじゃない。そう言いたかっただけです」

「……はい」

佳人は貴史の手の温かさに勇気と癒やしの両方を与えてもらった気がして、しっかり踏ん張らなければばと、と萎みかけていた気持ちを奮い立たせた。

「お待たせしました」

二人の前に熱燗の入った徳利《とっくり》が運ばれる。

貴史は佳人に杯を取らせ、なみなみと酒を満たした。

あまり強くないが、今夜は貴史の言葉に甘え、佳人も少し酔いたい気分になってきた。

勧められるままに佳人が杯を空けると、貴史はホッと安堵した吐息を洩らし、自分も同じように酒を呷《あお》る。

その晩ほど友人の存在をありがたく感じたことはない。

一人ではないのだと、佳人はひしひし噛みしめた。

コツコツ、とドアが遠慮がちにノックされた。

自室でなにをするでもなくぼんやりしていた佳人は、遥かと思って一瞬胸をドキッと高鳴らせたのだが、「久保さん」と細い女性の声をドア越しに聞き、失望と同時に自嘲した。

以前とは違うのだ。遥のはずがない。

記憶をなくして以来、遥がこの部屋のドアを叩いたことなど一度もなかった。それどころか、居間や茶の間で顔を合わせることすら稀《まれ》だ。寒くなってきたせいもあるだろうが、遥の好む、月見台で晩酌をするような機会にも、まだ巡り合わない。

敦子が黒澤家の家事を引き受けだしてから二週間が経つ。最初のうちは早め早めに引き揚げようとする遠慮を見せていた敦子も、一度目の週末をほぼ丸一日ここで過ごしてからは、徐々に長居をするようになっていた。夜中の九時、十時まで遥と茶の間でくつろぎながら、二人が一番幸せで楽しかった頃の思い出を語り合う姿を、佳人は深い疎外感を味わいつつ横目に見て通り過ぎたことが何度もあった。遥はもっぱら聞き役に徹している様子だが、敦子とそうしているときの表情は普段よりずっと柔らかく、まんざらでもなさそうだ。佳人の胸はきりきりと痛んだ。ああ、やっぱりこの二人は昔、恋人同士だったのだな、と否応もなく感じさせられる。

エプロンを掛けた敦子のいる光景は、すでに見慣れたものになりつつあった。違和感なく溶け込んでいて、まるでずっと前からこうしていた気さえしてくるほどだ。

佳人はなるべく、敦子が来ている間は部屋を出ないように心がけていた。下にいても佳人がすることはなく、敦子も心なしかやりにくそうにする。顔を合わせるたびに、ぎくしゃくとした空気が流れ、お互い相手に違和感を覚えているのがはっきりとわかった。

それでも平日はまだ三人でいる時間は短いので、佳人もさほど居心地の悪い思いをせずにすむ。苦痛なのは会社に出ない週末だ。

元々佳人は休日に用事もなく出掛ける習慣がない。いくら気まずくても、家を離れる気にはなれなかった。

敦子も佳人が出不精なのは承知しているらしい。何か言いたそうにしていたのは最初の土曜日だけだ。それ以降は、なるべく佳人に関わらないよう努めているのが感じられる。佳人と遥の間に社長と秘書以上の関係が存在するのではないかと、薄々疑っているようでもあった。

そんな敦子が佳人を部屋まで訪ねて来たのは、それこそ青天の霹靂《へきれき》だった。

「ちょっとお話ししてもいいですか?」

「ええ」

佳人は躊躇いながらも敦子を部屋に入れ、ドアを半分ほど開けたままにして向き合った。

「あ、どうぞ」

壁際に置いたソファを敦子に勧め、自分は事務机とセットになった椅子の背に手をかけただけで、立ったままでいる。

「シンプルなお部屋ね」

ざっと全体を見渡して、敦子は感心したとも意外そうにしたとも取れる表情をする。この部屋に入るのはさすがに日頃から避けているらしい。敦子が掃除したことのない部屋は、おそらくこと遥の書斎、そしてこの向かいにある寝室の三間だけだろう。

「久保さんは、いつからここに?」

敦子は視線を戻し、探るような眼差しでじっと佳人を見つめる。

意志の強さを窺わせる目だ。佳人はそんなふうに感じ、自分の立場がひどく心許なく、不利に思えてきた。近いうちに遥は敦子を選ぶのではないかという予感が、する。佳人は敦子の瞳を真っ直ぐに見返せなくなり、そっと目を逸らした。

「――昨年の春からです」

正直に答えてから、佳人は遅まきながらはっと気がついた。うっかりしていたが、こう答えると、秘書になる前からすでに遥と関係があったことがわかってしまったかもしれない。

おそるおそる敦子の表情を窺う。

案の定、敦子は頭の中であれこれと考えているような顔つきをしていた。

さらに突っ込んだことを聞かれるのではと身構え、どうしようかと悩みだした佳人だが、予想に反して、敦子は「そう。長いのね」とうっすら笑って受け流しただけだった。

佳人はいささか拍子抜けし、敦子が何を考えているのか訝しんだ。気づかないはずはない。敦子は聡明な女性だ。それにもかかわらず、気づかなかった振りをするのには、いったいどんな意味があるのだろう。佳人の脳裏を不安が過る。

「私ね、久保さん……」

ソファの座面を指先でつうっと辿りながら、敦子が打ち明け話をするときのような、決意を窺わせる声で話し始めた。

「私、いえ、私たち、大学生の頃付き合っていたの」

わざわざ「私たち」と言い直されて、佳人はこれから敦子がしようとしている話がどういう類のことなのか、朧気《おぼろげ》ながら察せられてきた。

聞きたくない。心の奥で叫びそうになる。

だが、その叫びが表に出ることは決してなかった。

「大学に入ってすぐ、一学年先輩だった遥さんとサークル活動を通じて知り合って、夏前からなんとなく一緒にいることが多くなったの」

ろくに相槌も打たない、いや、打てずにいる佳人に頓着せず、敦子は遠くを見る目をして喋り続けた。

「付き合おう、なんて言葉は結局なかったんだけど、いつのまにか周囲が私たちをカップルだと認識していて、そんなふうに扱うもんだから、気がついたら付き合っていることになっていたのかな。遥さんは口べたで無頓着で、およそロマンチックなことが苦手な人だけど、そういうところは昔とちっとも変わらないみたいね……久しぶりに会って、ものすごく懐かしくなったわ」

「あの」

佳人はようやく乾いた声を喉から絞り出した。

「……すみません。おれは読みたい本があるんですが」

婉曲に、敦子の昔話に付き合う気はないと伝えたつもりだ。自分が傷つくだけだとわかり切っている話を辛抱して聞いていられるほど、今の佳人は強くなれそうになかった。

「ごめんなさい、話はすぐにすむわ」

食い下がる敦子を佳人は邪険にできず、悪い予感を募らせながらも、「話ってなんでしょうか?」と促した。

「私、遥さんと別れたことをとても後悔しているの」

敦子の語調はしっかりしていて、迷いなど微塵《みじん》も感じられない。すでに心を決めているのがわかった。

「遥さんが嫌いになって別れたわけじゃない。遥さんも、ずっと私のことを案じてくれていたことが、今回十数年ぶりに再会してみて、確信できたわ」

そこで敦子は顔を上げ、キッと睨むように強い視線を佳人に向けた。

澄んだ瞳の奥に、梃子《てこ》でも動かせそうにない意思が漲《みなぎ》っている。

「もう一度、やり直したいの」

とうとう敦子は本題に入り、単刀直入に言った。

「遥さんの世話を泊まり込みでやりたいのよ、久保さん」

わかるでしょ――敦子の目はそう言っている。

つまり、佳人に、この家から出て行ってくれと頼んでいるのだ。

佳人はごくりと喉を鳴らし、震えそうな指を隠すため、額にかかる髪を掻き上げた。緊張しているとよくする癖だ。遥に冷やかし混じりに「ふっ」と鼻で笑われたことがある。思い出し、目頭が熱くなった。もう、あんな日々に戻ることはないのだと痛感する。

「ごめんなさい」

敦子は頭を下げた。

「……遥さんがやっぱり好きなの。愛してる。ずっと忘れられなくて、この歳になるまで独り身で働いてきたわ。自分から別れようと言っておきながら勝手すぎるとは思うけど、今なら私たち、きっとやり直せる。遥さんも、口では何も言ってくれないけれど、そう考えているのがわかるの。安易に結婚しないでいてよかった。自分の諦めの悪さに感謝したい気持ちでいっぱいよ」

何か言葉を返さなければ。

佳人は先ほどから焦燥しているのだが、どうしても言葉が出てこなかった。どんなふうに応じればいいのかわからない。開きかけた唇をそのまま閉じることを繰り返してばかりいる。

返事をしない佳人に、敦子はますます熱意の籠もった嘆願を重ねた。

「あなたにも難しい事情があることはお察しするわ。本当はこんな失礼なことを聞いてはいけないとわかっているんだけれど……もし独り立ちするために必要なものが足りないなら、私、ある程度なら貯金もあるし……」

「いいえ」

話がおかしな方向に向かい始めた気がして、とうとう佳人は迷ったり考えたりするより先に声を出して遮った。

「……そういうことでは、ないです」

さして高額ではないにしろ、佳人にも蓄えはある。もらっている給料のほとんどは手つかずで、そのまま振込口座に残されていた。それというのも、遥は佳人の分を含めた衣食住にかかる費用を、すべて家計用にした別口座から支出させていたからだ。記憶を失ってからの遥はそういったやり方も忘れていて、佳人はどう説明すればいいか悩んだ。悩んだ挙げ句、そろそろ三週間になろうかというのに、いまだ話せずにいる始末だった。そのうち、と気にかけてはいたが、いい案が浮かばずにずるずるしている。家計用口座の存在など知らない遥は、敦子が日々立て替える細々した買い物の費用を、大雑把《おおざっぱ》な額だけ聞いて、自分のポケットマネーから渡しているようだ。そのうち佳人も遥にいくらか払い戻すつもりでいる。遥は黙って受け取るだろう。——恋人でも家族でもない、単なる秘書だと佳人を認識している限り……。

佳人は話が金銭の絡んだ生々しいことになってさらに気が滅入り、深い溜息を吐いていた。ただひたすら、虚《むな》しくて哀しい。

「近いうち、社長と相談します」

「あの、……あのね、久保さん……」

「前から、そんな話も出ていたんです」

これ以上この件に関して敦子に喋らせたくなかったので、佳人は珍しく強引に言葉を繋いだ。

「いつまでも社長のご厚意に甘えているわけにはいかないと、おれも考えていたところでした。幸い、社長のことはあなたが見てくださるようだし、そろそろ公私をはっきりさせて自分なりのプライベートを充実させることも大事だと思っています。ちょうどいい機会かもしれません」

話しながら、息苦しさを覚えるくらい胸が痛んだ。

虚勢だ。すべて虚勢。本当は遥の傍をひとときでも離れたくはない。むしろ、敦子にこそ遥の世話は自分がするのでもう来ないでほしい、と訴えたいのが本音である。言えたらどれだけ楽になれるだろう。悩まずに、苦しまずにすむだろう。佳人は時折、なんのために自分が堪えているのか、意味を見失うことがある。しかし、すぐに、それは遥と自分自身のためだと思い直し、痛む心を無理にでも納得させるのだ。

「久保さん、それ、本気でおっしゃった?」

敦子の目は潤み、期待と喜びに紛れて一抹の不安が覗いていた。

佳人は椅子の背凭れに預けた指にぐっと力を入れ、気持ちを固めた。

「はい」

長く口を開くと感情が溢《あふ》れ出してしまいかねなかったので、佳人は冷淡なくらい短く答えた。もしかすると、機嫌を損ねたように聞こえたかもしれない。

「もう……いいですか」

顔を伏せたまま絞り出すような声で言う。

「あ。ごめんなさい。読書するんでしたよね」

敦子が狼狽えた様子でソファを立つ。動揺しながらも、声には歓喜がはっきりと含まれていた。嬉しさに気持ちを弾ませているようなのがわかる。佳人とは正反対だ。

部屋を横切ってドアまで歩きつつ、敦子が「あら」とたった今気づいたように呟く。

「ここ、洋室なのにベッドを置いてないのね」

佳人に聞いたというより、ふと浮かんだことを口にしただけらしく、敦子は深く考えはしなかったようだ。

ドアノブに手をかけたところでもう一度佳人を振り返る。

「本当にわがままなことをお願いしてごめんなさい。私も明日からは会社に出なくちゃいけないから、できれば今夜からでも泊まりたいの」

遥は承知しているのだろうか。

佳人の疑問はすぐに敦子の次の言葉で解消した。

「遥さんも反対しなかったわ」

確かに、遥は反対などしなかったに違いない。遥でなくとも、敦子のように献身的に、親身になって世話を焼いてくれる気の利いた女性を前にすれば、誰であっても断らないはずだ。むしろ、遥がもう少し言葉の滑らかな男だったなら、もっと早くに自分から言い出していてもおかしくなかったと思う。十時や十一時過ぎになって夜道を一人で帰っていく敦子を見送るたびに、佳人でさえも気の毒に感じ、大丈夫だろうかと心配になっていたくらいだ。嫉妬を感じる反面そんなふうなので、さらに戸惑っていた。

敦子が去ったあと、佳人は様々な気持ちを交錯させ、ソファに力なく座って頭を抱えた。こうなった以上、出ていくのは避けられなくなった。仕方がない。

——これでもう遥との絆は断ち切られるのだろうか。

佳人は強く唇を噛みしめた。

相当力んでしまったらしく、しばらくすると口の中に微かな血の味がしてくる。下唇が切れていた。舌先で触るとヒリッと痛む。

遥の意向はどうなのかと未練がましいことを考えてみるが、どんなふうに想像を巡らせてみても、そっけない無表情で「そうか」「好きにするがいい」と言うところしか思い描けない。実際に聞いても、大差ない反応が返るだけだろう。遥には、佳人がどうしようと、秘書としてさえ役立ってくれれば問題ないはずだ。少なくとも現在のところは。

考えれば考えるほど落ち込みが増す。

最後に遥の率直な気持ちを、意見を、聞きたい――そう強く思った。

もしかすると。

たぶん、一パーセントにも満たないささやかすぎる希望ではあったが、佳人は傍を離れる前に遥に今の自分がどんな存在なのか聞いて確かめずにはいられなくなってきた。黙って去るには想いを残しすぎている。

重い足を引きずって廊下に出る。

階下はシンとしていたので、敦子は買い物にでも出掛けたのではないかと思った。それでなくても、今夜からこの家に泊まり込むつもりでいるのなら、一度自宅に戻って支度してから出直さねばならないはずだ。遥と二人きりでプライベートな話をする機会は、今を逃せば今後そうそう訪れないに違いない。

階段を下りて、書斎のドアに近づきかけたとき、奥の居間の方で人の気配がするのを感じた。

書斎ではなくあちらにいるようだ。

佳人は居間に足を向け直した。

開かれたままの襖《ふすま》が作る空間から室内が見通せる。

いつもならば「遥さん」と、少し離れた位置からでも先に声をかけるところだが、今はそうは呼べない。この家の中でまで「社長」と呼びかけるのは、どうにも違和感が大きく、つい躊躇いがちになる。

歩を進めていくうちに、佳人は居間で親密に寄り添い合う二人の姿を目に入れ、その場に足を凍りつかせてしまった。

話し声がしないので、てっきり遥一人、もしくは敦子一人だと思い込んでいたのだが、冬の柔らかな日差しが当たる縁側に、二人が仲睦まじげに肩を並べて座り、庭を眺めている。

一目見た瞬間、佳人は全身から血の気が引く思いを味わった。

遥の、穏やかで、気の置けない相手といるようなくつろいだ態度、顔つき。

敦子の幸せそうな横顔。

べったりと身を触れ合わせているわけではなかったが、物理的な距離感などないに等しいほど、二人の心は寄り添っているように感じられた。

割り込めない。

ここでも佳人はそう感じ、深い失意のうちに踵を返していた。

事故以来、あんなふうに心を落ち着けた様子の遥は初めて見る気がする。あれは、敦子の存在が傍にあるからなのだろうか。

遥に必要なのは自分ではない。佳人はまざまざと思い知らされた心地だ。

そのまま二階に戻り、その日はもう、夜まで一歩も自室を出なかった。とうていそんな気にはなれなかったのである。あれ以上、しっくりとお似合いの二人を見るのは辛すぎた。

敦子は遥のために早めに夕食の支度を調えると、一度家に戻ったようだ。敦子は中野《なかの》の実家に住んでいて、身の回りの品さえ運び込めばいつでも遥と同じ家で暮らせる環境らしかった。

佳人が遥に「実は」と切り出したのは、敦子がボストンバッグを持って戻る前、たまたま廊下で鉢合わせた際だ。

「こんなところでなんですが、実は、以前から社長にお話ししておりました……ここを出る件を、そろそろ本格的に詰めさせていただきたいと思いまして」

自分でもいささか唐突すぎるとは自覚していたが、佳人は慣れぬ嘘を吐くことに神経を集中させていて、その他の些末なことには気を遣えずにいた。

「藪《やぶ》から棒だな」

遥が眉を顰め、ジロリと冷めた目つきで佳人を見やる。

「申し訳ありません」

佳人は頭を下げて謝った。確かにあまりにも性急に運びすぎた。

「あいにく、俺はその話を覚えていないんだが、そんなことになっていたのか」

「……はい」

嘘を吐くとき、佳人はどうしても遥の目を直視できずに俯きがちになる。そのため、遥がどんな表情をしているのかも見えなくなった。

「行き先が決まっているのなら、俺はべつにかまわん。仕事さえきっちりこなしてくれれば、私生活をどうしようときみの勝手だ」

やはり、遥の返答は佳人が予測していたものとほぼ同じだ。

自由の尊重という建前の、突き放した無関心さ。

また心が悲鳴を上げる。心臓が血を流しているのではないかとすら思った。

「いつでも好きなときに出ていってくれ」

――ちょうどよかったのかもしれない。

遥の言葉の奥には、佳人にとって非情極まりないそんな思惑が、もしかすると少しは存在していたのだろうか。

佳人は深く深く落ち込みながら、この先どうすればいいのか、また一つ新たな悩みを抱え込むことになった。


「出ていく？　本気ですか、佳人さん！」

なんでも隠さずに相談してくれ、とくれぐれも約束させられていたため、佳人が貴史に遥の家を出ることを打ち明けたところ、貴史はまさかと信じられない様子で、めったに出さない大きな声を上げた。

人混みの多くざわついた、駅の改札口で会ってすぐのことだったので、誰の注意も引かずにすんだのが幸いだ。

「どういうつもりですか。遥さんを諦める気じゃないでしょうね？」

とりあえず、と連れ込まれたコーヒーショップの片隅で、貴史は表情を強張らせたまま佳人の真意を探ってくる。

佳人は発泡スチロール製のカップに入ったコーヒーを両手で包み込み、少し冷たくなっていた指を温めながら、言葉を選んで貴史に事情を説明した。敦子の意思が働いていることは伏せ、自分自身が少し距離を置いて、今後のことを見つめ直したくなったから、というふうに持っていった。そのほうが貴史も納得しやすいだろうと思ったのだ。それに、敦子をいささかでも悪く思われるのは、佳人の本意ではなかった。悔しいし、嫉妬もしているが、決めたのは自分自身だ。敦子の気持ちは関係ない。

「だったら佳人さん、僕の家に来てください」

佳人の話を、途中で余計な口を挟むことなく最後まで聞き届けてから、貴史はおもむろに言い出した。きっぱりしていて、有無を言わせない強引さがあり、佳人は下手な遠慮をする隙などこにも見出せなかった。

「僕のマンションは広めの２ＬＤＫです。一人では広すぎるから、もし佳人さんさえ僕と二人が窮屈でなかったら、ぜひ来てくれると嬉しいです」

「……貴史さん」

ありがとう、としか佳人には言えなかった。

貴史が真摯に佳人の身の振り方を考えてくれているのが身に沁みて、とても断れない。断ればバチが当たりそうだった。

「好きなだけ居てください。できれば、もう一度遥さんのところに戻れるようになるまで辛抱強く待ってほしいというのが本音です。それがあまりにも辛いなら、佳人さんの心が遥さんをすっぱり切り捨てて、もう一度新しい方向に歩める自信が確実に持てるようになるまで。僕は、無理難題を強要していますか？」

佳人はすぐに首を横に振る。

首を振った拍子に危うく涙が零《こぼ》れてきそうになって、慌ててコーヒーを飲んでごまかした。

「遠慮や気兼ねはいっさいなし。いいですね？」

「本当に、ありがとう。貴史さんがいてくれて助かりました」

「そう言ってもらえると僕も光栄です」

なんなら明日からでも、と言ってくれた貴史に佳人は感謝し、できるだけ早いうちに、と答えた。いったん出ていくと決めたからには、早ければ早いほどいいだろう。少しでもぐずぐずしていると、せっかくの決意が萎みかねない。ただでさえ身を切られるような思いをして決めたことだ。一度気が弱れば、たちどころにぐずぐずと崩れてしまうかもしれなかった。

「いいですか、佳人さん」

あらたまった調子で貴史が佳人を諭す。

「佳人さんはもっと図々しくなっていいんですよ。過去の女性の存在があってもなくても、佳人さんが気にする必要はない。もちろん、最終的に選んで決めるのは遥さんだ。だけど、その前にあなたが逃げたら、結局遥さんは正しい選択ができなくなるかもしれません。遥さんは佳人さんのことをきっと覚えていたかったに違いないと僕は思います。それなのに、記憶の回路が遮断されてしまって、意識こそしていなくても、一番悔しい気持ちでいるんじゃないですか？」

「おれもまだ諦めたつもりはないですよ」

「だったら安心だ」

貴史はやっと笑う。

「大丈夫。何度でも繰り返しますけど、遥さんは必ず佳人さんのことを思い出します。信じて、しばらく様子を見てあげてください」

「ええ」

新たな勇気を与えられたようで、佳人は覇気のある返事をして頷いた。

これから部屋を探して一人暮らしをし、毎日悶々《もんもん》として過ごさなければならなかったことを考えると、またしても佳人は恵まれていた。

貴史のマンションはJRの駅から徒歩十分というなかなか好条件の場所にあり、まだ築年数も浅く、設備の整った住みやすい部屋だ。佳人のために、それまで仕事部屋にしていた六畳間をわ

ざわざ空け、折り畳み式の簡易ベッドまで準備してくれた。佳人は貴史の行き届いた気遣いに、どうお礼をすれば報いられるのかわからないほどだった。

「少し前から、仕事場を別に持とうと考えていたところだったんです。いっそ踏ん切りがついて僕自身も助かりましたよ」

貴史はそんなふうに説明し、本当に同じ沿線上の駅の傍に小さな事務所を借りた。

自分のために貴史が無理をしたのではないかと佳人は恐縮したのだが、すでに東原には相談ずみで、「いいんじゃないか」と賛成されたと聞き、少なからず安堵した。

東原は貴史に対し、いつもさして気のない素振りを示しているが、実のところかなり深く惚れているようだ。端から見ていると、佳人にはそこはかとなく東原の気持ちが察せられる。自分自身のことには今ひとつ自信が持てなくても、他人のことは結構わかるものだ。せめて貴史と東原にはうまくいってもらいたい。佳人は最近特にそう強く願うようになっていた。

十一月第三週目の週末に、佳人は身の回りの品だけを段ボールに詰めて、遥の家を出た。

よもやこんなことになろうとは、つい一月前、二人で一つのボストンバッグを手にして宮崎に出掛けたときには、思いもしなかった。

遥はレンタカーで迎えにきた貴史と顔を合わせ、いつにもました顰めっ面で、佳人を見送ってくれた。敦子はちょうど近所のスーパーまで買い物に行っており、不在だった。

それにしても、遥が門の外まで出てきてくれるとは意外だった。てっきり書斎のドアのところまでで、佳人が挨拶するのに対して、「ああ、今日行くのか」とでも言ってくれればいいほうだと思っていたのだ。月曜日からも会社ではずっと今までどおりに顔を合わせるわけなので、これで会うのが最後というわけでもない。

別れがたさが募り、佳人は平気な振りをするのが大変だった。

遥が見守る中、段ボール五箱程度の荷物の積み込みは、たいした苦労もなくすんだ。

弁護士の貴史にハンドルを握らせて万一のことがあっては申し訳ないので、運転席には佳人が座った。それを見た遥は、つと眉を寄せ、何か言いたげにしていたが、結局のところ思考が明確にならなかったようだ。

なんだか腑に落ちなさそうに苛立った表情をしたまま、遥はぽつりと口にした。

「……気をつけて行け」

不覚にも佳人は涙が出そうになり、「はい」と短く答えると、ごまかすように横を向き、シートベルトを引っ張った。遥の顔が見られない。見れば、たちまちみっともなく泣いてしまいそうだった。

いつまでもぐずぐずしていると離れがたくなりかねず、佳人は未練を断ち切り、車を出した。

角を曲がる寸前、ちらりと見上げたバックミラーに、まだ道端に立ったままこちらを見送る遥の姿が映っていて驚く。てっきりもう家の中に引っ込んだものだとばかり思っていた。

「遥さん、もしかすると、少しずつ佳人さんと関係のあることを思い出してきているんじゃないかな。さっきもかなり頭の中を混乱させているふうでした」

貴史が考え深げな顔をして、佳人に期待を持たせるようなことを言う。

本当にそうであればどんなに嬉しいだろう。

「ええ」

佳人はできる限り明るく答えた。

なにか一つでもきっかけになることがあれば、そこからさらに続けてたくさんのことを思い出してくれるかもしれない。

可能性がある限り諦められない……佳人はステアリングを握る指に我知らず力を籠めた。


遥《はるか》と一緒に出勤せず、先に出社して黒澤《くろさわ》運送本社の二階にある社長室兼秘書室で遥を迎えた初日は、佳人《よしと》にとって緊張と気恥ずかしさを感じずにいられない、新たな関わり方の始まりだった。

どうやらその気持ちは少なからず遥の側にもあったらしい。ドアを開けて室内に足を踏み入れた途端《とたん》、デスクから立ち上がった佳人から「おはようございます」と声をかけられて、遥は「ああ」と無愛想に答えながらも、いくぶん当惑気味に頬を引き攣《つ》らせた。

「早かったんだな」

エグゼクティブチェアに腰を下ろし、デスクの上で両手を組み合わせながら、遥からぶっきらぼうに話しかけてくる。今までにはめったになかったことで、佳人は軽く目を瞠《みは》った。土曜の午後に遥の家を出て、一日半顔を合わせなかっただけだが、その間に遥はまた少し変わった気がする。日頃は取り立てて気に留めもしないことを、あらためてじっくり考え込みでもしたかのようだ。その結果、会社で会うなり佳人に話しかけずにはいられなくなったという感じだった。

「新しい環境には慣れたか？」

「はい、まぁ、ぼちぼちとですが」

遥がこんなふうに家を出た佳人のことを気にかけるとは予想外で、佳人はドギマギした。まだ一日や二日しか経っていないのだから、慣れたというにはいささか無理がある。それは聞いた遥本人もわかっているはずで、なんでもいいから佳人に話しかけたかったらしい遥の心情を、浮き彫りにしたような会話だった。いったいどういう心境の変化なのか、嬉しい反面、訝《いぶか》しい。動揺が顔に出ていなければいいと思った。佳人を戸惑わせたとわかれば、きっと遥はらしくないことをしたと内心舌打ちし、気まずくなってさっさといつもの無表情に戻ってしまいかねない。佳人は少しでも多く遥と話がしたかった。

「あの男には、前にも会ったことがある」

遥は唐突に言った。佳人に向けてというより、独り言をつい口にしたふうだ。

あの男、とは貴史《たかふみ》のことに違いない。佳人は遥がいつ貴史と初めて会ったのか、正確なところは聞いていないので、どう捉えてよいのかわからなかった。

佳人が適当な相槌《あいづち》を探してしばらく迷っていると、遥は頭痛がしてきたようで、こめかみを押さえ、苦しげな表情を浮かべた。

「社長」

無理をして考え込み、頭に負担をかけてほしくない。遥を悩ませるのは嫌だ。佳人は心配でいっぱいになり、傍《そば》に行こうとした。

「大丈夫だ」

椅子を立ちかけた佳人を遥はきっぱりとした口調で押し止める。こめかみから指を離して伏せていた顔を上げ、普段と変わらぬきつい眼差《まなざ》しを佳人に向けた。

「一昨日から妙に頭の中がもやもやして、わけのわからない焦《あせ》りが込み上げる。事故以来、ずっと傍にいてくれたきみがいなくなったからかもしれんな。これまでは自覚していなかったが、俺は精神的にずいぶんきみに依存していたようだ。……我ながらショックだった」

「おれは何もしてきませんでした。ただ、同じ家に住まわせてもらっていただけです」

「ああ。俺もまさしくそのつもりだったんだが……」

「もしお疲れなら、スケジュールは調整しますので、お休みになってはいかがですか」

遥の身を案じ、佳人は真摯《しんし》に勧めた。正直、遥を家に帰したくはないが、仕事中も抜け落ちた記憶を求めて苦悶《くもん》せざるを得ない状態の遥を見ているのは辛い。それならいっそ、敦子《あつこ》に遥を委ねなければならないにしても、心と体をゆっくり休めてくれたほうが佳人も安心できる。

しかし、遥は強情に首を振った。

「よけいな気は遣わなくていい。俺は大丈夫だ。いつまでも本調子に戻れない俺に付き合わせて悪いが、今後はもう私生活でまで煩《わずら》わせるつもりはないから安心しろ」

そうではない。そんなふうに感じたことはただの一度もない。むしろ逆だ。

佳人はぎゅっと拳《こぶし》を固め、声にできない叫びを胸の奥で抑えつけた。

記憶がないのだから仕方がないと承知してはいるが、こういう言い方をされると、佳人は激しく傷ついた。残酷です、と訴えられたなら、どれだけ楽になれるだろうか。

口を閉ざしたままの佳人に、遥はさらに見当違いな考えを抱いたらしい。

「きみは、もう俺に愛想を尽かしているか？」

「いいえ」

佳人は遥を睨むように見て、すぐに否定する。

人の気も知らないで。

にわかに憤《いきどお》りが湧いてきたが、それを遥に直接ぶつけるような乱暴なまねはしなかった。幸か不幸か、そこまで理性をなくせはしなかったのだ。

「……そうか」

遥は様々な感情をごちゃ混ぜにした顔つきで深々とした息を吐くと、傍《かたわ》らの書類箱に手を伸ばし、気まずさをやり過ごすかのように仕事に取りかかった。書類に向かった途端、何を考えているのか悟らせない仏頂面に戻っている。佳人の返事をどんな意味に受けとめたのかは定かでない。急に降りてきた沈黙が息苦しくなり、佳人は静かに机を離れて社長室を出た。

気持ちを落ち着かせようと、一階の給湯室でお茶を淹《い》れる。

遥が貴史を、東原の大事にしている弁護士だとはっきり思い出せたなら、去年の晩秋、無人島で起きた拉致事件のことも、関連して自然と思い出さないだろうか。そのとき貴史と一緒にいた佳人も頭の隅に浮かばせてくれれば、いっきに希望が膨《ふく》らむ。

決して遥に無理はさせたくないのだが、早く思い出してくれないだろうかという気持ちは、佳人の中で抑えようもなく増大した。

いくら虚勢を張って平気な振りをしようとしても、もうすぐ一ヶ月になろうかという期間孤独に晒《さら》され続けていれば、さすがに心が弱り、気が滅入ってくる。誰かに縋《すが》りつかねばしゃんと立っていられそうにないと感じることも多くなっていた。我ながら情けないと自嘲《じちょう》するしかない。

お茶を持って上がると、遥は椅子ごと窓の方を向き、冬枯れして寒々とした戸外の景色を眺めつつ電話をかけていた。取引先と仕事の相談をする電話だ。常に冷徹で、相手がどんな無理難題をふっかけてこようが、びくともしない遥の堂々とした応対は、事故前とまったく変わっていなかった。

佳人は邪魔にならぬよう、そっと茶托に載せたお茶を遥のデスクに置くと、席に戻りかけた。

するとそのとき遥が、おもむろに椅子を回して体の向きを変え、佳人の顔を見た。

不意打ちにあった形で目が合う。佳人は狼狽《うろた》えた。焦《こ》がれている者の視線で遥を見つめていた自覚があり、迂闊《うかつ》に心を晒してしまったかと、一瞬ひやりとする。

しかし遥は、佳人が抱え込んでいる感情に気づいた様子もなく、「ああ、そうだ」と受話器に向かって押しの強い口調で話しながら、佳人にメモ紙を差し出してきた。

受け取って確かめると、午後から急遽《きゅうきょ》来客の予定が入ったようで、『山岡《やまおか》物産、一時半』と書き殴ってある。

佳人はわかりましたと視線で答え、メモ紙を手にしたまま自分のデスクに戻った。

気持ちを引き締めてかからねば、早晩自分が崩れてしまいかねない予感がする。

これまでにも、ままならないことのほうをより多く味わってきた。そして、なんとか堪えて乗り越えてきたはずだ。今度のこともまだもう少し踏ん張れる。本当にだめだと思い知らされるまで、退くことは考えまい。佳人はもう一度心を強く持とうと決意した。

午前中はずっと社長室に籠《こ》もり切りで、ときどき仕事上必要な会話だけ交わすほかは、それぞれ黙々と自分の仕事に没頭していた。

昼の休憩時間が来ると、遥は専務と一緒に近くの蕎麦屋《そばや》に食事に出かけ、佳人一人、室内に残った。今ひとつ食欲が湧かない。きちんと食べなければ体によくないとわかっているのだが、何を食べようという気にもならず、コーヒーだけ飲んだ。

これといった当てがあるわけでもない状況で、いつ来るともしれない未来に期待を持ち続けるのは、考えていた以上の苦行だ。

どちらかといえば辛抱強いほうだろうと自負している佳人でも、時が経てば経つだけ焦燥《しょうそう》を深め、些末な失意を覚えただけでも、絶望的な気持ちを抱いてしまう。

胃が引き絞られるように痛んだ。

佳人は飲みかけのコーヒーを流しに捨て、シンクの縁に両手をかけたまま唇を嚙みしめた。しゃんとした表情を装ってからでなければ、誰とも顔を合わせられない。しっかりしろ、と自分自身を叱咤して、どうにかいつもの顔を取り戻し、社長室に引き返すと、ちょうど入れ違いで遥が先に帰ってきていた。しかも、途中で偶然会いでもしたのか、一時半に来社予定となっていた山岡物産の若社長も一緒だ。二人は応接セットに向かい合って座っていたが、知らずに足を踏み入れた佳人に気づくと、二人同時に振り向いた。

「あ、申し訳ありません。いらっしゃっていたとは気づきませんでした」

まだ一時前だったのだが、佳人は慌てて詫びた。

「やぁ、久保《くぼ》くん。お邪魔してるよ」

遥と同年代の山岡は、祖父が興《おこ》した地場の老舗企業を引き継いだ三代目だ。それでも、ボンボンらしさはあまり感じられず、むしろ遥より骨太のしたたかさと強引さ、事業家としての貪欲さを持ち合わせた、ワイルドな印象の男である。いつもなにかとからかわれたり冷やかされたりするので、どちらかというと佳人は山岡が苦手なのだが、久々に声をかけられると、すでに顔馴染みになっている間柄な分、まったく初対面の人に対するのとは違う、ある種の親しみを覚える。

山岡は今日もぴしりとした三つ揃いのスーツ姿だ。肩幅ががっちりしているのでよく似合う。対する遥はというと、飾り気のない地味な薄茶色の作業着の上衣を、スーツの上着に替えて着込んでいるだけだ。それでも引けを取らないほど決まっていると思うのは、佳人が遥に惚れている欲目のせいだろうか。

洒落者《しゃれもの》の山岡は、ネクタイや時計、カフリンクスなどの小物にも手を抜かない。そんなところに生来のプレイボーイぶりが窺《うかが》える、と前に遥が苦々しげに言っていた。仕事はできるが、反面、下半身には節操のない遊び人だというのが、遥の山岡評だった。

果たして遥は、自分が苦虫を噛みつぶしたような顔で吐き捨てるように言っていたことを、覚えているだろうか。ちらりと窺った遥の機嫌はそう悪くもなさそうだ。もっとも、なんのかんのと言いつつ、遥は山岡に、仕事に関しては一目置いていた。仲がいいのか悪いのか、佳人には判断がつかない、奇妙な関係の二人である。

佳人はお茶の準備をするためいったん席を外し、お茶出しがすんだあとは、事務の女性に請求書を発送する準備を手伝ってほしいと頼まれていたため、遥に断りを入れて一階で作業をしていた。そのため、山岡と遥がどんな話をしたのかは知らない。

二十分ほどして、たまたま佳人が事務所の裏手の駐車場に出ていたところに、山岡が一人で姿を現した。

「久保くん！」

「山岡社長。もうお話はおすみですか？」

「すませたさ。あんな機嫌の悪い顔とそう長く向き合っていられないよ」

山岡は愉快そうな表情をして、なかなか遠慮のない嫌味をずばりと言う。相変わらずだ。佳人はすでに山岡の人となりに慣れているので、苦笑いして受け流す。悪気はないのだ。それどころか、山岡も他の多くの人たち同様、遥に心酔している口だと踏んでいる。

「ここに来るのも、きみがいるからだぜ。これはまんざら冗談じゃない。あの男が景気の悪い顔をしていても、美貌で有名なきみの顔を見れば帳消しだ」

「……はぁ」

この手の会話が不得手な佳人は、毎度のごとく言葉を濁すしかなくて、心地悪い思いを味わった。山岡にとっては、いつまでも免疫のつかない佳人のこの態度に、からかい甲斐を見出して愉しんでいるようだ。

ゆったりとした足取りで近づいてきた山岡と間近で向き合う。

上背のある山岡にすぐ目の前に立たれると、佳人は軽く緊張する。最初に会ったとき、男の佳人を遠慮も躊躇《ためら》いもなく平然と「食事でもどう？　恋人いるの？」などと粘り強く誘ってきて、ちょうど来合わせた遥に聞き咎められてあとが大変だったことを思い起こすせいかもしれない。

佳人にとって山岡は、遥の取り引き相手というよりも、いきなりナンパじみたことをしてきた男の印象が強かった。たぶん山岡もそれを承知の上で、こうしてたびたび佳人にかまっては、遥と佳人双方の反応を面白がっていたのだろう。佳人は自分で過去形にして考えておきながら、早速そのことに落ち込んだ。今はもう、どれだけ山岡が佳人に近づき、親密そうにしても、遥はなんとも感じないのだ。そう思うと、やはり寂しさは拭い去れない。

「きみ、顔色があまりよくなさそうだが、大丈夫なのか？」

いつもの軽いのりを引っ込めて、山岡は佳人に親身な調子で聞く。

もちろん、山岡も遥が記憶の一部を空白にしていることは知っているのだ。

「あまり大丈夫ではないかもしれません」

佳人は意地を張らず、正直に答えた。山岡が真面目に話しかけてきてくれたので、自分も素直に気持ちを打ち明ける気になったのだ。

山岡はちょっと意外そうに目を眇《すが》めつつも、佳人の顔を痛ましげに見る。

「噂を聞いて様子を見にきたというのが本音だが、どうやら大変なのはあいつ以上にきみのほうみたいだな」

「いえ、それはやっぱり、おれよりも社長が辛いと思います」

「やれやれ。ついさっきはずいぶん素直だったくせに、またもう強気の発言か。きみには参るね」

佳人も指摘されて気恥ずかしくなり、目を伏せた。やはりいざとなると地が出てしまう。

山岡がポンと佳人の肩に手をかける。そのまま軽く引き寄せられて、佳人は山岡との距離を親しい仲でなければ取らないくらいにまで詰めさせられた。

「や、山岡社長……！」

裏手のこの駐車場には、今はたまたま他に誰も出てきていないが、ここは、二階の社長室の窓から下を見たとき、一番に目につく場所だ。万一、遥が上からこの様子を見ていたらと思うと、佳人は落ち着けなかった。このところ、遥は手が空くと外を眺めているときが多いのだ。

「きみが強情を張ると、俺も生来の血が騒ぐんだぜ。ここできみをかっ攫《さら》ってやれば、黒澤を記憶が戻ったときにどれだけ歯噛みして悔しがらせられるのか……考えただけでわくわくするね」

「冗談はやめてください」

「もちろん冗談なんかじゃないさ、佳人くん」

山岡はニッと唇を曲げて笑い、佳人の髪をさらりと撫で上げた。予期していなくて、佳人はぱっと首を竦《すく》ませるのがせいぜいだ。避ける間もなかった。

「おれと社長は、そんなんじゃありません」

ここはあえてそう言って切り抜けようとした。

だが、こうした駆け引きには百戦錬磨《れんま》らしい山岡には失笑されてあしらわれただけだ。かけらほども信じてはもらえなかったようだ。

「隠し立てしなくてもいい。べつに俺は、面白おかしく噂して歩こうなどとは考えたこともない。

あいつも意地っ張りで、何回カマをかけても往生際悪く認めないが、きみも同じだね。似た者同士ということか。ますます妬《や》けてくるな」

「でも、今はおれの言うことがまんざら嘘ではないと、おわかりでしょう?」

佳人が切り返すように言うと、山岡も「ああ」とバツが悪くなったように揶揄《やゆ》する態度を引っ込めた。憎からず思っている遥の身に起きた一大事を利用するような不謹慎な発言をしたことを恥じたのだ。

佳人は山岡の手を肩から静かに外させ、僅《わず》かばかり体を引き、近づきすぎていた互いの距離を少し広げた。山岡も佳人に強引なことをする気配は見せず、自分からも微妙に立ち位置を変えて離れてくれる。佳人の気持ちを汲《く》み取り、最初に佳人に近づいてきたときの真面目さを取り戻したようだ。

「早く元通りになればいいと思ってる」

「はい。おれもです」

「あいつのためばかりじゃない。きみのためにも、だぞ?」

「ありがとうございます」

皆が山岡と同じようなことを佳人に言い、励ましてくれる。佳人はまた一人力強い味方を得た気がして、自分はやはり周囲に恵まれていると感謝した。

「……あいつ、記憶はなくとも、きみのことがずいぶん気になるらしいぜ」

「え？」

いきなり期待を抱かせる発言が飛び出し、佳人は虚《きょ》を衝《つ》かれた。

どうしてそう思ったのか、理由が知りたくて、山岡の顔を食い入るように見つめる。

「さっき俺がきみに『やぁ』と親しげに挨拶《あいさつ》した途端、それまでは結構悪くなかったはずの機嫌が、たちまちとりつく島もないようになった。あいつは『気のせいだろう。俺はなにも変わらない』と言い張って絶対認めなかったが、あの極端にそっけなくなる怒り方は、昔きみに初めて声をかけたときとまるで同じだ。その上、途中からは自分でも記憶に変な引っかかりを感じて気持ちが悪くなったらしい。たびたび黙り込んで青ざめた顔をし始めたものだから、これ以上刺激しないほうがよさそうだと思って、見送らなくていいと断って引き揚げてきたところだ」

「そうだったんですか……」

確かに、このところそれと似たケースで遥が不調を来《きた》すのを、佳人も何度か目にしたことがある。一瞬脳裏を掠める記憶をなんとか摑もうとするのだが、あえなく指の隙間から逃してしまい、なんとももどかしい思いを味わわされている様子なのだ。

もしかして、と佳人は胸をトクリと控えめに震わせた。

「記憶が戻る可能性は十分あるんじゃないか？」

山岡は佳人が抱いた期待を後押しするかのように、いつもと違って茶化すことなく、真剣な表情で言ってくれた。

これまでどちらかと言えば山岡とは、どこまでが本気でどこからが冗談なのかもあやふやな、ふざけているとしか思えない会話しか交わしてこなかったのだが、さすがに今回はそんな段ではないとわきまえているらしい。

「俺も、いろいろな面で張り合える格好の相手が調子を悪くしているなんてのは、全然いい気分じゃないんでね。黒澤には一日も早く以前の自分を取り戻してもらいたいと思ってる。本気だぜ、佳人くん」

山岡は佳人に片目を瞑《つむ》ってみせた。

「きみがしっかりあいつを支えてやってくれたら、今に必ず元通りになるさ」

「おれもできる限りの努力はするつもりです」

その意気だ、とばかりに山岡は頷く。

山岡が駐車場に駐めていた自分の車に乗り込み、黒澤運送の敷地を出るのを見届けると、佳人は残っていた作業を急いですませ、社長室に戻った。

「すみませんでした。一階での作業は終わりましたので」

デスクに着いて書き物をしていた遥に報告する。

遥は顔も上げず、冷淡に「そうか」と答えただけだった。

特に顔色は悪くないようだが、やはり精神的に少し疲弊《ひへい》しているようで、気持ちにゆとりは持てていなさそうだ。

佳人はあえて遥の気分を窺うのを控え、遥が顎をしゃくって示した書類の束を受け取ると、デスクに戻って処理し始めた。

遥が相当苛立っていることは、何度も書き損じをして舌打ちしたり、かかってきた電話を佳人が受けて繋ぐより先に、ワンコールも鳴り終わらないうちに自分で取ったりするせっかちな態度から明らかだった。

気になりはしたものの、どうしていいかわからずに、佳人は密かに気を揉んでいた。

結局、二人の間の沈黙を破ったのは、棘《とげ》を含んだように忌々《いまいま》しげな遥の声だった。

「きみは、あの男と個人的に親しいのか？」

あまりにも唐突だったので、佳人は「は？」としか返せず、まごついてしまった。

一拍して山岡のことかと気づき、佳人が問い返そうとしたときにはすでに遅く、遥は唇を真一文字に引き結んでいた。聞いたこと自体を激しく後悔しているのが、手に取るようにわかる。

「なんでもない」

もはや遥はそうとしか答えず、佳人がいつまでも問うような目つきをしていたのが癇《かん》に障《さわ》ったのか、いきなり「ちょっとそこまで散歩に出てくる」と言い置いて、脇目もふらずに出て行ってしまった。

「遥さん」

佳人は追いかけたい気持ちを堪え、遥の背中を見送った。

たぶん、あともう一押しあれば、希望が叶うかもしれない。

ここまで来たのだから、いっそのこともう全部打ち明けてしまおうか。

——いや、やはりそれはだめだ。今のままでは、遥はまだ闇の中を手探りしている状態と変わらない。単に記憶を照らす光が、フラッシュを焚《た》くように一瞬だけ、紗《しゃ》がかかった部分を切り裂いて見せているだけだ。

今、佳人たちの側から真実だとすることを告げても、遥には本当にそうなのか判断することはできない。こちらから言われたことを鵜呑《うの》みにするしかなく、それを完全に自分自身に納得させて信じ切らせることは、記憶が戻らない限り不可能なのだ。

それは佳人の望む形ではない。

やはり、まだ待つしかないのだ。

待てる限り待つから、どうか可能性だけは自分から取り上げないでほしい——佳人は藁《わら》にも縋る心地で祈った。

聞き忘れていたんだが、と遥がふと思い出したように言ったのは、インフルエンザに罹《かか》って休みを取った中村《なかむら》に代わって、佳人が社用車のベンツを運転していたときのことだ。

去年、二十七歳にして運転免許を取得させてもらったばかりの頃は、左ハンドルの大型車を運転することなどとても無理だと敬遠していたものだ。それが、今ではどうにか持て余さずにすむくらいにまでなっている。というのも、この半年ばかりの間に何回か、土日に気が向くと二人で食料品の買い出しなどに出掛け、その際、遥がプライベートで所有している大型車を、行きは佳人、帰りは遥、という分担で運転していたからだ。

遥は佳人が免許を取ってすぐ、なにを思ったのか突然小さめの国産車を購入し、「おまえの車だ」と佳人に鍵を渡してくれていた。佳人はおおいに面食らいつつも、遥の好意を素直に受けとめ、機会があればその車に大事に乗った。もっとも、めったに自分の用事で使うことはなく、遥に「出掛けるから車を出せ」と言われたときに運転することが多かった。だが、元々大型車を好む遥は、佳人のために用意した車ではやはり窮屈に感じるようで、結局自分の車を主に使うようになり、以降それにはあまり乗る機会がなくなっていたのである。

遥が言い出したのは、この車の件だった。

「ガレージに俺の趣味とは思えない小さな車が置きっぱなしになっているが、あれはもしや、きみの車じゃないのか？」

終業後、遥を自宅まで送り届ける途中で不意に訊《たず》ねられた佳人は、返答に困ってしまった。

遥の家を出て一週間。

佳人はすっかり車のことを失念していた。遥に言われてようやく今思い出す。

あれは遥が購入したものだ。所有者名義が佳人になっているとしても、それではと図々しくもらっていくわけにはいかない。佳人はとてもそんな気になれなかった。

かといって、遥が佳人に買ってくれた車だと正直に告げるのも悩む。普通に考えてみると、かなり違和感のある話ではなかろうか。

どう答えればいいのか。嘘を吐くのは苦手だ。

考えた末、佳人は事実だけを端的に答えることにした。

「……あの車は、社長がお買いになったものです」

「俺が？」

「はい」

遥は納得いかなさそうに顔を顰《しか》めている。佳人はそれをバックミラー越しにちらりと窺った。

ネオンの瞬く煌《きら》びやかな大通りを走り抜けているところで、遥の顔もくっきりと見えた。

「まったく記憶にないな」

ボソリと遥が呟く。

ちょうど信号で停車したので、佳人は控えめに首を捻って後部座席を確かめた。

遥はシートに深く凭《もた》れ、腕組みしたまま目を閉じて、疲れたような溜息をついたところだ。覇気の薄れた姿に、佳人は胸を抉《えぐ》られるようなせつなさを覚えた。苦悩する遥を見るのはもうたくさんだ。遥にはできるだけ幸せでいてほしい。そのために佳人ができることがあるのなら、なんでもする。させてもらいたかった。

「お願いです。あまり無理をして考え込まないでください、は……いえ、社長」

つい遥さんと呼びかけそうになり、慌てて社長と言い直す。

「久保」

遥が急に腕を解き、背中を起こした。

「は、はい。なんでしょうか？」

さっき失言しかけたせいで不審を感じたのか、と構え、佳人は心臓を不穏に騒がせた。

「今夜これから用事があるか？」

「いいえ。帰宅するだけのつもりでした」

「それならちょっとうちに上がっていけ。明日は土曜だ。たまには酒でもどうだ」

「あ、いえ……私はお酒はあまり」

せっかくの遥からの誘いだったが、佳人は身を切られる思いをしながら遠慮した。

もちろん、本当に問題だったのは酒ではなく、今や夫婦同然に仲睦まじくしているだろう敦子と顔を合わせるのが辛かったからだ。しかし、それは心の奥底に仕舞い込み、決して表情に出さないようにする。

「俺はきみと少し個人的な話がしたいんだが」

佳人が遠慮しても、遥はあっさり引き下がらなかった。かといって強要するわけでもない。このあたりの距離感の取り方は、遥が佳人を忘れてからずっと二人の間に存在し続けていて、佳人をなんとも言い難い複雑な気分にした。それまでの遥は、佳人に対し、ぶっきらぼうで強引で、ときには横暴ですらあったのだが、今となってはそのことが懐かしい。もう一度傲慢《ごうまん》に「おまえは俺のものだ」と遥に言われたかった。

遥はたじろぐ佳人にかまわず、さらに佳人を狼狽えさせることを言い出した。

「実は、きみにいろいろ確かめたいことがある」

「確かめたいこと、ですか？」

「ああ」

なんだろう。思わせぶりな前振りに佳人は緊張する。

「きみは俺とそれなりの期間、公私共に一緒にいたようだから、俺のプライベートに関しても他の誰より詳しいはずだ。正直に答えてくれないか。俺には別れたばかりの恋人でもいたのか？」

いきなり核心を突くことを聞かれ、佳人は息を呑んだ。

動揺のあまり頭の中が真っ白になってしまい、なんと答えればいいのか咄嗟《とっさ》に思いつけない。

一度口を開いたら、遥は次から次へと押し寄せる疑問の波を、佳人にぶつけずにはいられなくなったらしい。今までずっと胸の中に溜め込み、一人悶々と考え続けてきた不可解さが、とうとう堰《せき》を切って溢れ出たようだ。

「具体的には何一つはっきりと思い出せないんだが、俺はあの月見台を見るたびにおかしな気持ちになる。あそこで誰かとたまに酒でも飲んだり、夕涼みしたりしていた気がするんだ。家中のあちこちに、そういう、誰かと一緒だった記憶の残像が散らばっているのを感じる。――もしかすると、きみは事情を知っていながら、まだ俺には話してくれていないことがあるんじゃないか？　さっき聞いた車のことにしてもそうだ。あれがきみの車でないとすると、いったい誰が乗っていたものなんだ？　ガレージにはあの小さいのほかにも二台車がある。そのうちの一台は、買ったときのことをはっきり覚えている。四年ほど前だった。もう一台のほうは記憶にないが、少なくともこの二台については、俺が自分で運転するために買ったんだと納得できるんだ。だがな、あの小さいやつはどうもしっくりこない」

「……社長」

「自慢じゃないが俺は不器用な人間だ。他人になかなか心を開けない頑《かたく》なな面がある。ずっと昔はここまでではなかったはずだが……そうなった原因もはっきりと自覚している」

弟と敦子のことだ。佳人は遥がついた苦しげな溜息に自分まで辛くなった。

「そんな俺が、ここ二、三年の間に恋人を作っていたとは、ちょっと信じられない気もするんだが、そうとでも考えないと説明のつかないことが多すぎる。反面、もし今でも付き合っているのなら、俺に何の連絡も寄越《よこ》さないのは不自然だ。すでに別れてしまった相手なら、きみが俺に気を遣ってなにも言わなかったとしても無理はない」

佳人の胸の中には嵐が吹き荒れていた。

遥の考えついたことは、かなり核心に迫ってはいるが、肝心の部分が欠けている。佳人にしてみれば、一番思い出してほしいことを、遥はどうしても思い出せないのだ。

「俺はだめになった関係をどうこうしたいわけじゃない。ただ、気になるだけだ。どういう相手とどんなふうに付き合っていたのか、できれば知っておきたい。知らないままでは心の整理がつかなくて先に進めないというのが、今の俺の本音だ」

もうだめだ。限界だ。

これ以上、黙って他人の振りをしとおすことはできない。

佳人は一度強く唇を嚙みしめ、なにもかも打ち明けてしまおうという気持ちになった。遥がここまで推察しているのなら、佳人の告白も単なる過去の押しつけにはならないだろう。自然とすべてを思い出すための手助けになるのではないか。

「社長」

今から全部お話しします——佳人が決意してそう続けかけたときだ。

静かな車内にいきなり携帯電話の着信音が鳴り始めた。

二人だけ異空間に閉ざされて秘密の話をしていたような雰囲気が、あっという間に霧散する。

気がつけば、佳人は混雑した夜の公道で社用車を走らせている最中の自分に立ち返り、遥もまた、めったなことでは感情を動かさない冷徹な企業家の顔に戻っていた。

遥はスーツのポケットから取り出した携帯電話に、落ち着き払って「はい」と応じた。

「ああ、これはどうも、辰雄《たつお》さん」

かけてきたのは川口組《かわぐちぐみ》の東原《ひがしはら》辰雄だ。

遥の親友である東原が相手では、畏《おそ》れおおくて恨めしく思うこともできなかったが、それにしても間の悪いこと極まりない。せっかく決意を固めたばかりのところを、出端を挫かれた形になり、佳人は激しい失望を感じつつ運転を続けた。

場合が場合だったため、安全運転で車を走らせながらも、耳は礼儀に逆らって遥の喋《しゃべ》る低めの声を拾い集めてしまう。もし東原の用件が電話だけですむのなら、気を取り直して先ほど遥にタイミング悪く告げ損ねた言葉を、今度こそ言わなければと思ったからだ。

しかし、遥の受け答えは佳人の望むものとはまったく違っていた。

「これからですか。ええ、もちろん俺はかまいませんが」

それでは三十分後に、と約束し、遥はものの三分とかからずに通話を終えた。

「すまん、久保」

電話を切るなり遥が佳人に詫びてくる。それだけでもう、今夜の話は次に持ち越されると言い渡されたも同然だった。

「とんでもありません」

失意にまみれながらも佳人は精一杯明るく答えた。

「またの機会にしてくれると助かる」

東原が遥に会いたがっているのならば仕方がない。佳人は無理に笑顔を作り、気にしていない素振りをする。

「このままご自宅に向かってよろしいですか？」

「ああ、頼む」

とりあえず家で東原と落ち合うことになっているようだ。

そこから黒澤邸までの十分ほどの道のりを行く間、遥と佳人の間にそれ以上の会話は生じなかった。お互い、今ここで突っ込んだ話の続きをするのは中途半端だと感じていたのだろう。

なんとなく気まずい雰囲気のまま自宅前に着いた。

門扉《もんぴ》から少し離れた位置に、塀にぴたりと沿わせて停められた真っ黒い乗用車がある。東原のダイムラーだ。

佳人がダイムラーの後ろに車を停めたのと同時に、後部座席のドアがさっと開き、東原が車から降りて大股で歩み寄ってきた。

東原はフロントガラス越しに運転席を見て、ステアリングを握っているのがいつもの運転手ではなく佳人だと知ると、ちょっと意外そうに眉を跳ね上げた。

佳人は東原に軽く会釈して、戸惑いつつも集中ドアロックを解除した。東原がこちらに乗り移ってくる様子でいたからだ。

「遥」

東原が俊敏な動作で遥の隣に身を滑り込ませてきて、バン、とドアを閉めた。

「今降りていこうと思ってたんですが」

「おまえんとこに上がらせてもらうつもりだったが、気が変わった。ちょっと外に出ようぜ」

「俺はどこにでも付き合わせてもらいますよ」

急に東原が車に乗り込んできても、遥はまったく動じずに冷静そのものの態度で迎える。この展開に一番困惑しているのは佳人だった。

「事故後に一度お会いして以来ですね、辰雄さん」

「ああ、そうだな。取りあえず元気そうでなによりだ」

それから東原は佳人に向かって声をかける。

「佳人、悪いがもう少し俺たちに付き合ってくれ」

「は、はい」

佳人は動揺を隠し切れぬまま、上擦った声で答えた。

東原と遥、そして佳人の三人が一緒になるのは事故以来初めてだ。佳人の緊張は一気に高まった。これから東原がどうするつもりでいるのか、気になる。

「辰雄さん」

遥がつと眉を寄せ、訝しげな表情で東原に聞く。佳人からは遥の顔だけがバックミラーで確かめられた。

「久保をご存じだったんですか?」

「ご存じだったともさ」

東原はあっさり認めると、「なぁ、佳人」と砕けた口調で佳人に同意を求めた。佳人も「はい」と小さく答える。

「新宿《しんじゅく》までやってくれるか。前にも三人で行ったことのある洋館を改装した会員制のバーだ。場所、覚えているか?」

「だいたいのところはわかります」

「わからなくなったら、そのときまた聞いてくれ」

「はい」

佳人はいったん切ったエンジンをかけ直すと、再び車を走らせだした。

さらに思いがけない事態になりつつあるようだ。先のことがまったく読めず、気持ちが落ち着かなかった。とりあえずこの場は運転に専念する。

後部座席では、遥が「ちょっと失礼します」と東原に断って、電話を一本入れていた。

「……ああ。今夜は遅くなりそうだ。戸締まりをして先に休んでいてくれないか」

狭い車内だ。聞きたくなくても耳に入る。

敦子にかけたと思《おぼ》しき電話を、まるで夫婦の会話のようだと感じ、佳人は激しく傷ついた。

こうなることは覚悟して家を出たはずだったが、理性では抑え切れない深く激しい哀しみが襲いかかってくる。佳人は胸を塞がれた心地で、呼吸さえままならなくなりかけた。

「誰だ？」

東原が低く迫力のある声音で、半ば咎めるように遥に聞く。

「昔の知り合いです」

遥は簡潔に答え、そのまま唇を結ぶと、尻の据わりが悪くなったように心持ち東原から身を離す。東原があからさまに機嫌を損ねてみせたので、わけもなく心地悪くなったようだ。

佳人はにわかに緊迫してきた車内の空気にひやひやした。

「昔か。ずいぶん昔なんだろうな？　相手は女だったようだが、一緒に住むような仲の女がいるなんざ、俺は初めて聞いた」

「辰雄さん……」

「あの、東原さん！」

遥と佳人の発言はほぼ同時だったが、佳人のほうがかなり勢いづいていたため、遥の声はほとんど掻き消されてしまった。

「なんだ、佳人？」

佳人と話すときは、東原はぐっと声を和らげる。

「道順が心許なくなりました」

本当は把握しているのだが、佳人は東原が珍しく遥に怒り、冷たくするのに堪えられず、なんでもいいから東原の注意を逸らしたかった。

「ふん」

東原が、わかっているぞ、と言わんばかりに呆《あき》れた調子で鼻を鳴らす。

「次を右だ」

「はい。……すみません、ありがとうございます」

佳人はバックミラーの中で東原と視線を交わらせ、懇願する目つきをした。

ふっ、と東原の猛禽《もうきん》類を思わせるような鋭い眼差しが緩んだ。

「遥」

東原が、物思いに耽っているかのように顔を伏せがちにしている遥の肩を摑む。その手には深い愛情が籠められていて、佳人は東原と遥の間にある絆の揺るぎなさに羨望を感じた。

「辰雄さん」

遥は心なしか消沈した声で東原に応える。

「べつに女と住んでいることで皮肉を言うつもりはなかった。少し苛々してたんだ。許せ」

「いや、俺は平気ですよ。気にしていません」

「そうかい。だがな遥、できれば俺はさっきの言葉、おまえに気にはしてほしかったぜ」

「……どういう意味です？」

遥が戸惑う。

東原は返事をしなかった。

まもなく佳人が走らせる車は、新宿の繁華街から外れた場所にひっそりと建つ、秘密クラブのような会員制のバーに着いた。

瀟洒《しょうしゃ》な鉄製の門扉の前で佳人が車を停めるなり、東原はドアを開けて降り立った。続いて遥もゆっくりと出てくる。遥は最初ここに見覚えがなさそうだったのだが、建物全体を振り仰いだとき何か感じるところがあった様子で、このところよく浮かべる考え込む表情になった。

「あの、東原さん」

佳人は失礼を承知で運転席に座ったまま窓ガラスを下げ、東原に言った。

さっさと歩いていきかけていた東原が、「ん？」と肩越しに佳人を振り返る。

「すみません、おれはここで失礼します」

「来ねぇのか？」

「はい」

ともすれば迷いが出て弱くなりそうな声を必死に保ち、佳人は東原の鋭い瞳を真っ直ぐ見返して答えた。今のような状態で東原を交えた三人で向き合うのは、神経をすり減らしそうだ。佳人が一緒でなければ、東原もさっきのように、記憶のない遥の無自覚で他意のない言葉に、佳人の気持ちを思いやるがゆえに苛立つことも、そうそうないだろう。遥にしてみても、佳人がいるとよそよそしい気分になり、東原に心を開いた話をしづらいかもしれない。今夜のところは遥と東原の二人だけにするほうがいいと思った。

佳人の表情にギリギリで踏ん張っている者の苦悩を感じたのか、東原は無理強いしなかった。

「そうか」

東原の半歩後ろにいる遥も、無言でこちらの様子を窺っている。遥は、佳人と東原の関わり方がどんなものか把握できていないため、自分が口を挟むところではないと思っているようだ。いろいろ聞きたいことが山ほどありそうな顔つきをしていたが、この場は静観すると決めたらしい。

「わかった。気をつけて帰れよ。おまえさんとはまた別のときに話そう」

「必要でしたらお帰りの際にはまたお迎えに上がりますから、お電話いただけますか」

「いや、そんな必要はない」

東原がきっぱり断ったので、佳人も素直に退いた。

それでは、と二人に向かって会釈した佳人に、黙って成り行きを見ているだけだった遥が、「久保」とこの段になって口を開く。

「……月曜は、午前中ずっと『プレステージ』の稲益《いなます》と打ち合わせだったな？」

いつもならちゃんと把握しているはずのスケジュールをわざわざ確認したのは、このまま黙って佳人を帰らせづらくなったせいだろう。元々佳人ともう少し突っ込んだ話をしたがっていたのは遥のほうだ。離れがたいような、かといって三人になるのも戸惑うような、そんな複雑な気持ちが伝わってくる。

佳人は「はい、そうです」と返事をして、遥に微笑みかけた。

遥の顔にはっと胸を衝かれたような表情が浮かぶ。このところ佳人は、遥の表情の些細な変化にまでずいぶん敏感になった。

東原が遥に顎をしゃくり、入るぞ、と促す。

遥は後ろ髪を引かれるような顔つきでもう一度佳人にちらりと視線を伸ばし、微《かす》かな溜息をついた。心の中のもやもやが晴れない様子だ。

二人が洋館の中に姿を消したのを見届け、佳人は車を動かした。

社用車をいったん契約している駐車場まで戻しに行く。そこからは電車に乗って、世話になっている貴史のマンションまで戻らなければならなかった。

九時を少し過ぎた時間帯の週末の電車は、ラッシュ時ほどではないにしろ混み合っている。

佳人はドアの前に立ち、窓に映った自分の顔を見つめながら、覇気のない憂鬱《ゆううつ》そうな表情をしているると、我ながらうんざりした。日ごとに精神的な疲れが重なっているのが自分でもわかる。あまりいい状態ではないなと感じた。

マンションに帰っても貴史はまだ帰宅しておらず、そのときになって佳人は、今夜貴史が遅くなることを思い出した。以前勤めていた弁護士事務所の面々と久しぶりに食事をする予定になっているのを聞いたのを、すっかり失念していたのだ。

しんと静まりかえった部屋に一人でいると、ますます気が滅入ってくる。

いつまでこんな日々が続くのだろうと考えて、不安が込み上げた。

今頃、遥と東原はどんな話をしているのか。そのことも気がかりだ。

あれこれ考えを巡らせるうち、もしかすると遥はもう一度、敦子と本格的に縒《よ》りを戻そうとしているのではないかと思えてきた。そのために、自分が忘れている過去の中に不安な要素がないかどうか、確かめたがっているのではなかろうか。

——だから遥は、ぼんやりと頭に浮かぶ、誰かと付き合っていたのではないかという印象を放っておけず、気にするのだ。

どんなふうに付き合っていて、なぜ今は傍にいないのか、同じ間違いを何度も繰り返さないですむよう、敦子のために慎重になっている。もう二度と敦子を傷つけたくないからこそ、知っておくべきだと思うことを全部確かめたがっている。

佳人は遥の気持ちが自分ではなく敦子に向いているのを感じ、辛くてたまらなくなった。

リビングボードに置かれているブランデーのボトルを手に取る。いつでも好きなときに飲んでくださいと貴史が言ってくれていた好意に、初めて甘えようと思った。ちょっとでいいから酔わないと、今夜は眠れそうにない。

ソファに沈み込むように座り、グラスに三分の一ほど入れた渋赤色の酒で唇を湿らせながら、止めどない思考を持て余す。頭に浮かぶのは、もう元には戻れないのではないかという、悪い考えばかりだ。

記憶はすぐ取り戻すかもしれないし、一生このままかもしれない。残念ながらそれ以外には言いようがないとは、宮崎の病院で遥を診《み》た医師の言葉だ。

一生このままかもしれない——佳人はこれまで極力考えないようにしてきた哀しい可能性を、ついに避けて通れなくなった予感に包まれた。

背筋を悪寒が駆け抜ける。

「遥さん」

胸の痛みに堪え切れず、思わず声にして呟いていた。まだ上着を脱いだだけで着替えていなかったワイシャツの襟元に指をやり、ネクタイの結び目を緩める。

リビングダイニングの一角にあるダイニングセットの椅子の背に掛けておいた上着から、耳障りな電子音が聞こえ始めたのはそのときだ。

佳人はグラスを置いてソファから立つと、足早に上着を取りに行った。ポケットの中の携帯電話を確かめる。咄嗟に、遥か東原がかけてきたのかと思ったのだ。しかし、液晶画面に出ている番号は知らない人のものだった。

躊躇った末、通話ボタンを押して電話を耳に当てる。

「久保です」

声にあからさまに不審が出る。

電話をかけてきた相手が一瞬怯むのが、微かに息を呑んだ気配から伝わってきた。

『……あの、私、田村《たむら》です』

敦子だ。

予想外の相手に佳人は絶句した。なぜ敦子が佳人に電話などしてくるのか見当もつかない。今の今まで苦い気持ちで様々なことを考えさせられていた当の相手から、まるで心を見透かされたかと思えるタイミングでコンタクトを取ってこられるとは、悪い夢を見ているようだ。

『久保さん？　聞こえていますか？』

相槌も打たずに沈黙した佳人に、敦子が不安そうな声で確かめる。

「はい」

佳人はどうにか気を取り直すと、あらためて電話を耳に押し当てた。

『今、少しお話ししても大丈夫ですか？』

「ええ、かまいませんけれど。……どうされました？　社長のことですか？」

敦子が佳人と話したいことなど、遥のことを置いて他にありそうもなかったので、佳人は歯切れ悪く躊躇いがちな敦子が言うより先に、自分から話を振ってみた。

案の定、敦子は『実はそうなんです』と迷いを捨てたような調子で答える。勇気を出して佳人に電話をしたものの、どう切り出すのか逡巡していたようだ。

嫌な予感がする……。佳人の心臓は慌ただしく鼓動し始め、動悸が耳朶《じだ》にまで響いてきた。できるならば今すぐ電話を切ってしまいたかったが、聞きたくない気持ちと同じくらい、敦子が何を言おうとしているのか聞いておかずにはいられない気持ちも大きく、佳人は全身を強張らせたまま身動ぎひとつできずにいた。

『こんなことを久保さんにわざわざお伝えするのも変だとは思うんですけど……、私たち、近いうちに結婚するかもしれないの』

物音一つしない静かな中で、敦子の声だけが佳人の耳に入ってくる。

——結婚。

敦子が発した言葉が、佳人の頭の中でぐるぐる回り続ける。

予感はまさに的中した。たぶん、こんなことではないかと思い、不安で胸がいっぱいになっていたのだ。

「……そうですか」

本来ならば、すかさず祝福するべきところだと頭ではわかっているのだが、どうしても「おめでとうございます」の言葉が出てこない。いくらなんでも、今すぐには無理な相談だった。恐れていたことが現実になるのを、目の当たりにしたばかりなのだ。

『久保さんは賛成してくださるかしら？』

まるでなにか探りを入れでもするように、敦子は佳人の気持ちを確認してくる。

佳人はできるだけ平静を装った。

「どうしておれにそんなことを聞くんですか？」

『なんとなく、私が遥さんと再会する前までは、久保さんが一番遥さんの身近にいた方のような気がするから……、かしら』

自分自身なぜこんな話を佳人にするのか定かではなく、当惑を隠せない様子で、敦子はぎこちなく答えた。

『不愉快だったなら、ごめんなさい。でも私、なぜか佳人さんには、納得して祝ってほしいと思ったの。まだ遥さんからはっきりプロポーズされたわけじゃないから、実際はどうなるかわからないんだけど』

口ではあくまで控えめなことを言うのだが、声音にかなり自信があるのを窺わせる響きが出ている。おそらく、遥は敦子に期待を持たせる素振りを見せたのだろう。

ああ、やっぱりそうなのか……。

佳人はあらためて、遥がなぜ今夜、佳人にあんなことを突然聞いてきたのかという推測に、確信を持った。いまだなくしたままの記憶の中に、もし最近まで付き合っていた恋人の存在があったなら、敦子との結婚を決める前にその人のことを知っておかねば、遥はずっともやもやした気分を抱えたままで、すっきりしないのだろう。単に気持ちの整理をつけるためだけだとしても、遥には重要なことに違いない。遥の性格からすると、結婚する以上は必ず敦子を幸せにしてやりたいと思うはずだ。相手が誰であれ遥はそう決意するだろうが、こと敦子に対しては、特別その想いは強い気がする。過去に一度手酷い破局を経た相手ともう一回やり直せるチャンスなど、そうそう訪れるものではない。せっかく千載一遇の機会を得ても、自分自身の中にあやふやなところがあれば、迷いが生じてまた失敗するかもしれない。そうならないよう、あらかじめ過去を極力クリアにしておきたいと考えるのは、いかにも遥らしいと佳人は思った。

頭の中に靄《もや》がかかったようになる。

佳人は茫然《ぼうぜん》として、思考がまとまらなかった。

『私たち、やっと本来の道に戻ってやり直せる自信を取り戻せた気がするの。十年以上回り道したけれど、それはそれできっと何か意味があることだったんだと、これから追々わかっていくんじゃないかと思うのよ』

——だから賛成して。

——私たちの邪魔をしないで。

言外にそんな言葉が聞こえるようだ。

佳人は知らず知らず唇に歯を立て、切れるほど噛みしめていた。口の中に血の味がうっすらと感じられてきて、はっと我に返る。

「……おめでとう、ございます」

やっと口にできた。ぎこちないながらも言えて、佳人はとりあえずその場は救われた心地になった。とにかく一刻も早くこの電話を切ってしまいたい。その一心だった。

「おれも自分のことのように嬉しいです」

言葉が舌の上を滑っていく。

嘘つきの偽善者め、と佳人は自分自身を罵《ののし》った。心にもないことを平気で喋っている。その実、頭の中は嫉妬《しっと》と哀しみで破裂しそうだ。

結局、最後はどんな会話で電話を切ったのかもよく覚えていない。

何も考えたくなくて、ネクタイだけ毟《むし》り取るように外すと、ワイシャツとズボンを着たままベッドに倒れ込み、そのまま眠りに救いを求めて目を閉じた。


遥が敦子とずっと一緒にいると決めるのなら、佳人はもう遥の傍にはいられない。

死ぬような目に遭わされかけたところを、見ず知らずだった遥に気まぐれで救われ、相手がヤクザだったために、一億という気が遠くなりそうな見受金まで払わせた恩には、まだとうてい報いているとは思えないが、これ以上近くにいてはかえって遥の迷惑になる。

敦子は、遥と佳人がただならぬ関係だったのではないかとの疑いを強めたのだろう。

だから昨晩のような電話をかけてきて、佳人の反応を試そうとしたのだ。

たとえ二人の仲がただならぬものであったと確信的に察しても、敦子には敦子の強い願望や執着、そして愛情がある。いくら遥が記憶をなくしていて佳人を思い出せないのだとしても、現時点で遥が敦子を選ぶのなら、そのことで佳人に悪いことをしているとか、申し訳ないなどといった遠慮をする必要はないと、心に決めているのだろう。敦子にしてみれば、元々遥は自分のものだったという気持ちもあるはずだ。あんな悲惨な事件さえ起きなかったなら、遥と別れることにはならなかったと、過去を恨んでいるに違いない。

昨夜、東原は遥とある程度腹を割った話をしたのではないか。

佳人はそう思い、まず東原の意見を聞いてみようという気になった。普段ならば東原を煩わせるなど、畏れおおくてとても考えないのだが、今度ばかりは佳人一人で決めるには、あまりにも事が重大すぎた。それは、佳人にとって重大という意味だが、東原はきっと佳人の気持ちを汲んでくれるだろう。むしろ話しておかなければ、なぜだと、あとから逆に責められそうだ。

翌、土曜日の朝、東原に連絡が取りたい、と切り出した佳人に、貴史は「えっ?」と最初驚いて、次にはみるみる心配そうに顔を曇らせた。

「何かありました?　遥さんのことですよね?」

貴史は、気丈な佳人がめったなことでは他人を頼らないと承知している。その佳人が、いきなり東原に会いたいなどと言うのだから、不審を覚えるのも無理はない。

「相談したいことがあるんです」

佳人は率直に言った。

「もしかすると、おれは遥さんの傍を離れることになるかもしれません。その前に、いろいろ恩のある東原さんに、一言お話ししておきたいんです」

「待って、佳人さん！」

貴史は食パンを網に載せたばかりだったトースターの扉を、バンと勢いよく閉めると、いきなりの急展開についていけないというように眉を顰《ひそ》めた。

「どういうことですか、それは？」

「言葉のとおりです」

佳人は静かに答え、穏やかな視線を貴史に向けた。

聡《さと》い貴史は、佳人のその目つきからだけで、佳人の決意が固いこと、今はこれ以上話せることはないのだということを、即座に感じ取ったようだ。

いろいろ問い質《ただ》したいことは山のようにありそうだったが、諦めたように深々とした溜息をつき、結局「わかりました」とだけ言った。

「朝食をすませたら東原さんに今日の予定を聞いてみます」

「すみません、貴史さん。おれが直接連絡してもいいんですが、……なんとなく、貴史さんを無視してそんなふうにするのも気が咎めたものだから」

「ええ、もちろんそうですよ。僕はもし佳人さんが僕に内緒で東原さんと会い、そんな大変な相談事をするのに僕を無視したのだとしたら、今後いっさい友達付き合いはしないと宣言しなくてはいけなくなるところでした」

まんざら冗談でもなさそうにきつい目をして佳人をじっと見据える貴史に、佳人はやはり話しておいてよかったとホッとした。見た感じはひたすら穏やかで優しげだが、これで案外、貴史は気が強くて自尊心が高い。人一倍義理堅く、ひとたび関わり合いになったらとことん骨身を削って相手の面倒を見るような面も持ち合わせている。東原は貴史のこういう気質になにより惚れているのだろうと、かねてから佳人は思っていた。

トーストとコーヒーで簡単な朝食を終えたあと、貴史は約束どおり東原に電話を入れてくれた。

「向こうも佳人さんに会うつもりだったようですよ」

午後から世田谷《せたがや》にあるゴルフの練習場で会おう、と東原が言った旨を佳人に伝える際、貴史は表情を真剣に引き締めたまま、そう補足した。

「昨日、東原さんは遥さんと二人で飲んでいるんです。そのとき、遥さんからいろいろ話を聞いたんじゃないかと思います」

「佳人さん」

貴史は痛ましそうに佳人を見つめた。

「いざというときなんの手助けもできない自分が、歯がゆいな……」

「どうしてですか？　むしろおれは、貴史さんの存在にこんなにも救われているんですよ？」

もし貴史がいなかったら、佳人はとうに辛さに負けて遥の許を離れていたかもしれない。

佳人の言葉に貴史はじわりと顔を赤くして、ふいと首を横に逸らした。

「……遥さんに忠告してやりたいな。いつまで大事な人がいることを忘れて僕に預けておくつもりですか、僕が奪いますよ、ってね」

「本気ですか?」

よもや貴史の口からこんな大胆なセリフが吐かれるとは思わず、佳人は瀬戸際の状況に追い込まれた苦しさも忘れ、久しぶりに笑顔になった。

「もちろん。僕は十分本気です」

貴史もうっすら不敵に微笑みながら、佳人に視線を戻してきっぱりと言い切る。

「それじゃあおれが東原さんに恨まれそうだな」

佳人の返事に貴史は「さぁ?」と小気味よく眉尻を跳ね上げて答えた。こんな表情をする貴史は、いかにも遣り手の弁護士らしく、一筋縄ではいかない、食えない男という印象が強くなる。

ゴルフ練習場へは佳人一人で出向いた。

フロントのカウンターで東原の名を告げると、二階の一番奥のブースにいると黄色いポロシャツを着たスタッフの女性が教えてくれた。

階段を上り、ドライバーやアイアンを振ってボールを飛ばす練習をしている人々の背後を通り過ぎて、最奥まで進む。

東原はいかにも年季の入った安定したフォームで、真っ直ぐ玉を打っていた。見ていて気持ちがいいほどの飛距離だ。カーキのシャツにサンドベージュのベストを重ねたゴルフ練習用の服装が、よく似合っている。

佳人が声をかけるより先に、東原から気がつき、構えを崩して「よお」と言ってくれた。

「すみません、練習中にお邪魔して」

「俺が来いと言ったんだ」

東原は握っていたアイアンをゴルフバッグに差して戻すと、「こっちだ」と佳人を促し、一階のラウンジにあるティーサロンに落ち着いた。

オーダーを取りに来たウエイターを、「ホット二つだ」と告げて追い払い、「で？」という表情で佳人を見据える。

「近々、新しい職を探して、遥さんの傍を離れようかと思っています」

「遥はおまえにも何か、今後に関して匂わせるようなことを話したのか？」

どうやら東原も、遥から相談されて知っているらしい。佳人は具体的なことをいっさい聞かぬうちから早くも確認した気になって、さらに消沈した。

「……いいえ。遥さんからは何も聞いていません」

答える声にも覇気がなくなる。

やはり遥は本気らしい。敦子の期待するとおり、近々結婚するつもりなのだ。

「東原さんは、遥さんから何かお聞きになっていますか？」

佳人が思い切って尋ねると、東原は苦々しげな表情を浮かべ、「まぁ、な」と認めるのが癪《しゃく》だとばかりに渋々頷く。

「しかし、おまえさんはなんでだ。ここまで辛抱しておきながら、どうして今になって遥を昔の女に任せて身を退く気になった？　もう遥に愛想が尽きたか？」

「違います」

佳人は東原に誤解だけはされたくなくて、力を籠めて否定した。ずっと見守っていても許されるものなら、絶対に遥の傍を離れるつもりはない。

「昨夜、田村さんから……あの、遥さんと今一緒にいる女性ですけど、……彼女から電話をもらって、もしかしたら、という話を聞いたんです。結婚、するかもしれないそうです。もしそれが現実になるのなら、この先おれの出る幕はないんじゃないかと思いました。遥さんには、もう、おれは必要ない。過去の一部が抜けていても、永遠に思い出さなければすむことです。そのうち自分とは関係のないことだと割り切ってしまえるようになります。だとすれば、おれはむしろ遥さんの近くにいないほうがいいんじゃないでしょうか」

「そうか、おまえのとこに女が直接電話してきたのか」

東原は呟くように言い、気難しげな顔で何事か思案しながら、運ばれてきたばかりのコーヒーを一口飲んだ。

「確かに今のままがずっと続くようじゃ、おまえも辛すぎるだろうな。俺には、ちょっと待て、とおまえさんを止められねぇな」

「遥さんは、なんと……？」

「もしかすると身を固めることになるかもしれないって言ってやがった」

この際東原はごまかしたり隠したりする気はないらしく、ずばりと教えてくれた。

覚悟はしていても、実際にそうだと聞くと、グサリと胸を切り裂かれる心地がする。佳人は顔を上げていられず俯いて、手元に置かれたコーヒーカップになみなみと注がれた中身をわけもなく凝視する。

「俺は遥に、もう少し待ったほうがいいんじゃねぇのかと忠告するだけはした。あとから記憶が戻って悔やむことになっても取り返しがつかないぞって言ってやると、どういう意味かと聞き返された。遥もずいぶん迷っているようだったな。いっそのこともう全部遥に話しちまったほうがいいんじゃねぇかとも思ったんだが、おまえさんのいないところで俺が勝手をするのも筋が違うだろうと踏み止まった。先におまえさんの気持ちを聞いてからにしたかったんだ」

「東原さんは遥さんと彼女の間に昔あったことをご存じなんですか？」

「ああ。遥と知り合ってすぐ、どういう男なのか、過去も含めて身辺を洗ってみたからな。結構ヘビィな人生送ってるやつだとわかって、尚さら興味が湧いた。しかしまさか、ここまできて昔の女が絡んでくることになるとはなぁ。俺も予想外だったぜ」

「二人の過去を知った上で今度のことを考えると……絆の深さをひしひし感じます」

「絆？」

東原は声に険を含ませ、ガシャリと持ち上げかけたカップをソーサーに戻した。

「女がどう思っているのかは知らんが、少なくとも遥のほうは、絆がどうのというより単なる義務感に心を動かされているだけのようだがな。押しかけ女房よろしくいきなりやってきて、掃除洗濯料理と甲斐甲斐《かいがい》しくされたら、別れた経緯がアレなだけに、遥としちゃ女の望むまま一緒になってやるのがせめてもの恩返しだと考えるだろう」

いささか辛辣《しんらつ》に東原は言う。

「自分には彼女に対する負い目があるって、遥も昨夜白状していた。十年以上関係が途絶えていた間も、遥はずっと自分を責め続けてたんだろう。最初おまえさんに素直にならなかったのも、女のことが頭に引っかかってたせいだ。案外、遥がおまえさんと関わりだしてからの記憶をなくしちまったのは、事故のショックで遥か昔の慚愧《ざんき》の気持ちが強く表面に出てきて、自分だけ幸せになるわけにはいかねぇって自責の念が働いた挙げ句、無意識に心をセーブしているせいじゃないかって気がしてきたぜ」

「……そういう可能性はあるかもしれないですね」

「毎日女と、昔付き合っていた頃の楽しい思い出話ばかりしていたら、これが今の自分が選び取れる最良の道だという気にもなってくるだろう。女も喜ぶ。誰にも迷惑はかからない、誰も哀しみはしないと遥は思っている。それでも、どうしても一抹の不安が拭い去れなくて、最後の一歩を迷っているんだ。だから酒を飲んでいるうちに一切合切俺に話したわけだ。背中を押してくれって、あれだけ意地っ張りだったはずの男の顔に書いてあったぜ」

「遥さんは、ときどき断片的に引っかかりを覚えるみたいです。おれはそれに賭ける気持ちでいつまでも待つ覚悟をしていたんですが……」

「おまえ自身ももう限界、か？」

「……はい」

佳人は虚勢を張らずに認めた。事実、結婚の二文字が遥と敦子の間にちらつき始めた時点で、ああもう無理だな、と深い諦観《ていかん》に浸されている。どのみち、佳人では遥になにも残してやれない。性別上の問題は常につきまとっていて、二人の関係はお互いへの想いで成り立つしかないものだったのだ。半端な気持ちでずっと一緒にいるのは難しい。遥だってそのうち自分の子供が欲しくなるかもしれない。そんなとき、佳人ではどうにもしてあげられないが、敦子には十分可能性があるのだ。どうしても佳人の立場は不利だった。佳人は、遥が最も幸せでいられることを願っている。そのために自分が役に立てないのなら、胸を掻き毟られるほど辛くても我慢して、他の誰かに遥を幸福にしてもらうしかないだろう。

「一つだけ教えておくがな、佳人」

東原はじっと佳人の目を覗き込んできた。

「遥はあの女と一つ屋根の下で寝起きしているが、女を抱いちゃあいないようだぜ」

一瞬、佳人は虚を衝かれたものの、すぐにそれはいかにも遥らしいと考え直した。遥は、そういう男だ。どうしようもなく要領の悪いところがある。佳人とのときも、焦れったいほど不器用だった。一度肌を合わせてからでさえ、一緒のベッドで寝るようになるまで半年もかかったほどだ。敦子とのことも、さして意外ではない。

「遥さんらしいです」

「ふん」

参ったな、とばかりに東原は鼻を鳴らした。佳人の妙な物わかりのよさに呆れたようだ。

「まぁ、おまえさんが決めたんなら、俺にどうこう口を挟む権利はない。おまえさんがこの一ヶ月間どれだけ苦悩したのか、少なからず理解しているつもりだ。確固たる先の保証もないまま、これ以上遥を待ってやれと言うわけにもいくまいからな。おまえさんには、おまえさんの幸せを求めてもらいてぇと思ってる。おそらく遥も同じ気持ちだっただろう」

「正直なところ、なにがおれの幸せなのか、今はまだわかりません」

このままでいることなのか、それとも別の道を見つけることなのか。

「見極める意味も含めて……遥さんと距離を置こうかと思います」

「それはおまえさんの自由だが、いったん離れたら、二度と戻れなくなる可能性は大きいぞ。そこんところはわかっているんだろうな？」

「はい」

考えに考え抜いた結果の決心だ。

生半可な気持ちでいるわけではない。

佳人の態度から東原は決意のほどを感じ取ったらしい。

「好きにしろ」

ぶっきらぼうだが温情に満ちた調子で言ってくれた。

たぶん、遥と佳人のことを誰よりよく把握しているであろう東原の言葉は、佳人の胸に蟠《わだかま》っていた迷いを払拭し、先へ進む勇気を与えるものだった。

「おれの抱えている負債は今後どうすればいいと思われますか？」

最後で最大の気がかりについて、佳人は東原の意見を求めた。

「遥が香西《こうざい》に払った金のことか？」

「はい」

「そんなもの、とっくにチャラだろう。おまえさん、そんなことを遥に言ったら、遥はかえって怒るぞ。おまえさん自身が遥と切れたくないから借金を言い訳にしているってんなら、まぁ気持ちはわからなくもないけどな。そうじゃないんだろ？」

もしかすると、少しはそんな未練がましい気持ちも含まれているかもしれなかったが、この場では認められず、なけなしの虚勢を張って「違います」と答えた。

「だったら金の話は気にするな」

切って捨てるように言われ、佳人は頷いた。

東原は前屈みにしていた上体をソファの背に預け、足を組んで座り直す。

「それで、仕事の当てはあるのか？」

「これから探します。雇ってもらえればなんでもするつもりですから、どうにかなると思います」

「馬鹿野郎。それを聞いてこの俺がはいそうですかって言えると思ってんのか」

「……東原さん」

東原にプイとそっぽを向かれ、佳人は困惑した。

「俺みたいな男の世話にはなりたくないかもしれんが、俺にはおまえさんとここまで関わってきた義理がある。川口組とはまったく縁もゆかりもない仕事先をどこか探すから、取りあえずそこも考えに入れてみろ。実際に選ぶのはおまえさん自身でいい」

「ありがとうございます。……助かります」

「仕事が決まるまでは貴史んとこを出るんじゃねぇぞ。おまえさんが勝手をしたら貴史が俺に面目をなくす。肝《きも》に銘《めい》じておけ」

「わかっています」

下手をすれば貴史を本気で責めかねない凄みを出され、佳人は微かに背筋を緊張させつつ神妙に答えた。こういうとき、普段は意識していない東原の恐ろしさを感じる。警視庁の四課が虎視《こし》眈々《たんたん》と逮捕のきっかけを狙っている、川口組の超大物なのだと思い知らされるのだ。

「さてと、それじゃあ俺は練習に戻るとするかな」

コーヒーを飲み終えた東原が腕を天井に突き上げて伸びをする。

「香西の叔父貴たちと明後日コースに出ることになってるんだ。香西もひと頃はちょいと覇気がなかったが、最近また新しい女を見つけたらしくてな。年甲斐もなく精力つけるのに夢中になってやがる」

「そうですか。変な話ですけど、それを聞いておれもちょっと安心しました」

「おまえさんは本当に強いな。たいしたもんだぜ」

立って向き合った佳人の胸板を、東原はポンと手の甲で軽く叩く。

「遥のこと、俺は残念だと思っている。できることなら、おまえたちには一緒にいてもらいたかった。今からでも心を変えられるものなら、ぜひ考え直せと言いたい気持ちもある。……要は、おまえさんの胸次第ということだ」

「月曜日、遥さんに辞表を出します」

決意がぐらつく前に、佳人は自分自身に迷うなと言い聞かせるため、言葉にした。

フッと東原が苦々しげに笑う。

「勝手にしろ。この強情っ張りめ」

東原は苦笑しながら悪態をつくと、さっさと踵を返して先にティールームから出て行く。

佳人は東原のがっちりした背を見送りながら、時間を割《さ》いて話を聞いてくれたことを心の中で感謝した。

これでいよいよ遥と別れる決心がつけられそうだ。

哀しみに胸が痛むのはこの先もきっとどうしようもないだろうが、少しは楽になれた気がした。


「一身上の都合?」

社長室で顔を合わせ、いつものとおりに朝の挨拶を交わしたあと、「お話があります」と切り出して辞める意向を伝えた佳人に、遥は面食らったようだった。デスクに着いて書類に手を伸ばしかけたところだったのをやめ、聞き間違いではないかという表情をする。

「はい。そうです」

佳人は怯まず、軽く拳を握りながら答えた。

「どういうことだ。俺や会社に不満でもあるのか?」

仕事の上では佳人とうまくいっていると捉えていたらしい遥の当惑ぶりは、佳人が想像した以上に強かった。突然すぎてさっぱり事態が呑み込めない顔つきで、デスクの前に立っている佳人を咎めるように振り仰ぐ。

「不満はありません」

「では、なぜだ」

遥の声は鋭く、機嫌の悪さを取り繕おうともしない。まるで個人的な我を通そうとしている感じがして、佳人はようやくつけた決心をもう少しで鈍らせそうになった。こういう引き留められ方をするとは思わなかった。もっとビジネスライクに理由を聞かれ、多くの依願退職者が口にするのと同様の通り一遍の説明をすれば、特になんということもなく認められる気がしていたのだ。遥の性格からして、ともすると理由など特に必要ないとばかりにあっさり「そうか」とあしらわれるのではとすら思っていた。しかし実際には、遥はいかにも納得のいかなさそうな、未練を露《あらわ》にした目をしている。端から見ると冷淡なくらい落ち着き払って見えても、佳人には遥がかなり動揺しているのがわかった。

なぜ、と真剣な瞳を向けて追及されると、佳人はあらかじめ用意しておいた、いかにも取ってつけた理由を口にするのが躊躇われた。その場ですぐに代わりの説明を思いつくこともできない。かといって本心もさらけ出せず、動揺したまま俯くしかなかった。

「もしかすると、俺は知らず知らずのうちに、きみを傷つけていたのか？」

遥は考え考えしながら、そんなふうに言った。

佳人の胸がトクリと大きく鼓動を打って震える。

「いいえ」

佳人は喉の奥から絞り出すようにして、やっと答える。頭の中が混乱し始め、気がつくと、昨晩寝る前にシミュレーションした段取りが全部抜け落ちていた。

「本気で否定している声じゃないな」

遥は眉を顰め、少しでも佳人の表情から何か察せられはしないかというように、じっと視線を据えたままでいる。

沈黙が息苦しくなってきた頃、佳人は再び口を開いた。

「いえ、本当に……単なる私のわがままです。急なことで申し訳ありません」

「それじゃあ、どうしても辞めるのか？」

遥にも佳人の決心が断固としたものだということが通じたらしい。強張らせた表情を崩すことなく、最後の確認を取るような感じで聞いてくる。

佳人は遥の目を見返し、迷いを振り捨てて頷いた。

遥の唇から深々とした溜息が洩れる。凝視するように佳人を見つめていた目も伏せられた。

「……就業規則では退職の希望は一ヶ月前までに出すことになっているはずだが」

「はい。十二月末付けということにさせていただければ助かります」

それならば今からまだ一月以上ある。

遥はちらりとデスクの上の卓上カレンダーに視線をやり、憂鬱そうに「そうだな」と受けた。

「あんまり立ち入ったことを聞くのもなんだが、実家にでも帰るのか？」

このまま話を終えるとしっくりこないのか、遥は気まずげにしながらも言葉を足した。無愛想なのは相変わらずだとしても、こんなふうに口数の多い遥は珍しい。よほど佳人の申し出に衝撃を受けたのだろう。

それでも佳人は、遥のこの質問に、ああやはり思い出せないのだ、と気持ちが暗く沈んだ。佳人にはすでに帰る家はない。あえていえば、遥の家だけが唯一佳人が帰れる場所だった。だが今の遥にはまったく与《あずか》り知らぬ話なのだ。

「どこへも帰りません。心機一転をはかりたいだけなんです」

「やりたい仕事でもあるわけか」

「これから探したいと思います」

「なんだかずいぶん行き当たりばったりだな。きみらしくない」

遥は腑に落ちなさそうに顔を顰めたまま言って、ふと、最後に口にした「きみらしくない」という言葉に気を取られたように黙り込む。さらりと「らしくない」などと言ったものの、いったいどこがどう「らしくない」と思ったのか、自分で自分の言葉に疑問を抱いたようだ。記憶をなくして佳人と新たに向き合ってから一ヶ月が経つが、それしきの短い期間でそんなふうに言えるほど佳人を理解しているのかどうかは怪しいところだ。さっきの言葉の裏には、以前遥が知っていた佳人への無意識の気持ちが含まれていて、遥もそれを感じて引っかかりを覚えたのだろう。

「……っ」

遥が額を押さえてデスクに肘を突き、微かな呻《うめ》き声を洩らす。

「大丈夫ですか?」

佳人は慌てて近づき、身を屈めてデスク越しに遥の顔色を確かめた。

遥の端整な顔は青ざめている。そして、激しい頭痛でもするように眉間に皺を寄せ、堪えるように目を閉じていた。

「社長、お薬はお持ちですか?」

「いや、いい。……水を、くれないか」

「は、はい。すぐに」

だから無理をして思い出させるようなことは避けたいのだ、と胸の中で強い自責の念に駆られながら、佳人は足早に社長室を横切った。

「ああ、それから中村に、『プレステージ』に出掛ける時間を十分ほど遅らせたいと伝えてきてくれ」

「わかりました」

ドアの手前で不意に思い出したように遥に用事を付け足され、佳人は振り返って返事をした。

遥はまだ頭の痛みが去らずに辛そうな様子をしている。

少しでも早く楽にしてあげたいという気持ちが佳人を焦らせる。

勢いよくドアを引き開け、右足を一歩踏み出したところで、ノブにかけた指が滑って手が離れた。その反動で途中まで開けた重たいドアが戻ってきて閉まりかけ、ものの見事に足を直撃した。ドン、と鈍い音がする。

佳人は「うっ！」と苦痛の声を抑えられずに呻いた。

「なにをしている。大丈夫か、佳人」

具合の悪そうにしていた遥から反対に心配される腑甲斐なさだ。

「すみません、は……」

遥さん、とついまた口にしそうになり、佳人はそこでようやくハッと気づいた。

反射的に遥を見ると、遥もするっと言葉にしてから気がついたらしく、唖然《あぜん》としていた。初めてだ。

佳人は最後の頼みの綱に縋る心地で心臓を忙しなく喘がせる。

事故後、初めて遥が佳人を名前で呼んだ。それまではずっと「きみ」か「久保」と、哀しくなるほど他人行儀な呼ばれ方をし続けるのに甘んじてきた。

——思い出してください。以前はそんなふうに呼んでくれていたんです。

ここが会社だということを頭から一時払いのけ、佳人は真剣に念じた。遥が記憶を取り戻してくれさえすれば、たとえその後にあらためて敦子を選んだとしても、それはそれで諦めがつく。

東原や貴史の前ではいかにも悟っているふうに装ったが、結局のところ、なにも割り切れておらず、少しも潔《いさぎよ》くなどなれていない事実を突きつけられた気分だ。自分自身が滑稽《こっけい》でみっともなく感じられ、たまらなく恥ずかしい。それでも佳人は、できることなら思い出してほしいと願わずにはいられなかった。

期待を籠めて遥を見守る佳人の前で、遥は乱暴に頭を振って再び額を押さえつけた。気の迷いだ、どうかしている、と失言を後悔しているようだ。

「悪い、口が滑った。あんな馴れ馴れしい呼び方をするつもりはなかった」

べつに謝ってほしいわけではない……。ましてや、口が滑ったなどと言われると、さらに落ち込まされてしまう。

佳人はひっそりと心の奥深くで失望の溜息をついた。

やはりだめだ。遥はどうしても思い出してくれそうにない。佳人に残ったのはそんなふうに打ち拉《ひし》がれた気持ちだけだ。なまじ、一瞬でも期待しただけに、残念さも深かった。

「気にしていません。お水、すぐにお持ちします」

佳人は静かに言うと、今度は落ち着いてドアを開け、重い足取りで社長室を出た。

十二月に入ると企業は軒並み忙しくなる。

佳人は精力的に仕事をこなす遥に付き従い、余計なことを考え悩む暇もないくらい慌ただしい日々を送っていた。

遥の傍にいられる期間が、一日、また一日と減っていくのだと思うと、一分でも一秒でも無駄にしたくない心境が働く。退職までの一ヶ月をはじめは長すぎると感じたものだが、蓋を開けてみると案外あっという間に過ぎる気がした。

遥が佳人を、一瞬記憶を取り戻したかのごとく「佳人」と呼び、自分自身不可思議そうに考え込んだときから十日ほどが過ぎていた。

あれ以来、遥は前にも増して注意深く佳人に接するようになった。二度とうっかり失言するまいと、気を遣っているらしい。そしてその裏で、なぜ咄嗟にあんな呼び方をしたのかということが、喉に引っ掛かった小骨のように気になるようで、納得のいく答えが見つからないことに焦れているのもわかった。

その一方、肝心の敦子との関係を遥はまだはっきりとさせてはいないらしく、結婚の話はもう少し保留にしておこうという雲行きになっているようだ。このことを佳人は遥から聞いたわけではなく、東原が別件で連絡してきた際、いかにも思わせぶりにちらりと洩らしたため、知った。

東原には東原で、いろいろ思惑があるようだ。

できれば、年明けからすぐにでも働かせてもらえそうな勤め先を見つけておきたいのが佳人の希望だが、俺に任せろ、と強引に押し切った東原からは、今のところどんな進展があったとも知らされていない。どうやら東原は、ギリギリまで佳人の気持ちが翻らないかどうか見極めたがっている感じだ。佳人自身は、そんな可能性は万に一つもないと誓えるつもりだが、頼み事をしている立場上、東原を急かすわけにもいかず、鷹揚《おうよう》に構えているしかないと割り切り始めていた。

焦ったところで、いいことがあるわけでもないだろう。

あと三週間と限られた時を、秘書として精一杯遥の役に立ちたい。それだけの役割としてでいいので、せめて遥の記憶にできるだけ長く留まっておきたかった。

スケジュールの管理は佳人に任されているのだが、先方の都合やなにやらで、その場になって時間が前後したり、急遽キャンセルされて穴が空いたりといったことも少なくない。

金曜日の午前中もそんなふうで、打ち合わせに来るはずだった山岡物産の山岡が、急に別件で一刻を争う事情が生じて行けなくなった、と遥に電話してきた。

「ふん。時間が空いたな」

受話器を戻すなり、遥は忌々しげに呟く。

電話を取り次いだ佳人も、遥の打つ冷淡でそっけない相槌が聞こえていたため、話が終わるなり、空いた部分をどうするのか、遥からの指示を待ち構えた。

「久保」

すぐに遥から声をかけられる。

「はい」

佳人は間髪《かんはつ》を容《い》れずにきびきびした返事をし、心持ち背筋を伸ばした。遥と仕事の話をするときには、いつも少々緊張する。ピリリと空気が張り詰めるのを肌で感じるのだ。佳人は前からこの適度な緊迫感が好きだった。こういう点、記憶がなくても遥は以前とまったく変わらない。つくづく、人の記憶のメカニズムは不思議なものだと思う。

「一時間ほど早いが、『プレステージ』に行くぞ」

遥はおもむろに立ち上がり、デスク横のポールハンガーに掛けていた上着を取ると、作業着を脱いで袖を通す。

スーツ姿の遥に佳人はドキリと胸を騒がせた。

遥は和装洋装を問わず、なにを着ても様になる男だが、黒っぽいスーツにネクタイを締めた姿には格別惹かれる。禁欲的な印象が強ければ強いほど、佳人だけが知っている情熱的で本能のまま行為する遥との落差を感じ、ぞくっと官能を刺激されて身震いする。

遥が佳人の恋人ではなくなってから、もうずいぶん日が経った。その間、遥を想って眠れない夜を過ごしたことが何度あるだろう。

佳人は遥の腕に取り込まれ、力強く抱き竦められる感触を思い出し、場所柄もわきまえずに節操もなく体を熱くした。淫らな自分が疎ましい。だが、いつでも手を伸ばせば触れられるほど近くにいながら、指先一つ合わせずに我慢してきただけでも、佳人には相当自制心を求められる苦行だったのだ。

——遥が欲しい。抱きしめられたい。また、佳人からも遥を抱きたい。

一度抑止の緩んだ熱情は、奔流《ほんりゅう》となって次から次へと迸《ほとばし》る。

今日の自分は少し変だと佳人は自覚した。いささか感情を昂《たかぶ》らせがちになっているようだ。

「どうした？　来い」

遥に促され、ビクッと全身で反応し、我に返る。

仕事中になにをぼんやりしているんだと自己嫌悪に陥りながら、遥の後についていった。

下におりて裏口から一般車両用の駐車場に出る。いつでも動けるように社用車の整備をして待機している中村が二人に気づき、すぐにベンツを回してきてくれた。

佳人が開けた後部座席のドアから車内に身を入れた遥は、そのままドアを閉めようとした佳人を止め、「きみも後ろに乗れ」とぶっきらぼうな調子で言った。

佳人は虚を衝かれてまごついたが、遥の強い視線に操られるかのように、ぎこちなく身を硬くしたまま遥の隣に腰を下ろした。

どういう気まぐれだろうか。

前は確かに、ちょくちょくこうして並んで乗ることもあったのだが、それはプライベートな関係の延長である場合が多かった。

口の堅い、寡黙な中老のお抱え運転手、中村は、遥と佳人が私生活でも親密な仲であることを仕事柄知っている。今回の事故が起きてから、二人がずっと社長と秘書という公的立場に徹した振る舞いをすることを、穏やかで洞察力に優れた優しい目で心配そうに見守ってくれていた。言葉ではいっさい語らずとも、目尻に皺が寄って落ち窪んだような瞳が、雄弁に中村の気持ちを代弁していた。

久しぶりに佳人が遥の隣に座ったので、中村もホッとして嬉しかったようだ。

「すぐに『プレステージ』へ向かってよろしいですか？」

行き先を確認する声にも普段以上に張りがある。

予定が変わっているため、佳人がどうしますかと遥に訊ねる前に、遥は自分で中村に「ああ」と返事をした。佳人は遥の横顔にしばし見入ってしまう。こうして真横から遥を見るのは久々だ。意志の強そうな顎のラインと鼻筋の整い方に目を奪われる。少し痩せたかな、とも感じて体調を案じる。

車はすでに走り始めていた。

新宿の繁華街から少し外れた位置に建つ五階建てビルの三階が、消費者金融会社『プレステージ』だ。一階にブランド質店、二階に金券ショップ、そして四階にはアダルトグッズ販売店が入っており、五階は現在空いている。

建物の前で車から降りた遥は、腕時計で時間を確かめると、『プレステージ』のあるビルの前を通り過ぎ、三つ隣のビルの一階で営業している喫茶店にさっさと入っていった。佳人も黙ってついていく。こうした説明もなしの行動には、すでに免疫ができていた。

十一時を少し過ぎたくらいの店内は、適度に混んでいた。

禁煙席は奥まった二人掛け用の小さなテーブルしか空いていなかったのだが、遥は「かまわない」と無表情に徹したまま言い、ウエイターに案内させた。

ウエイターがわざわざ断りを入れただけあって、そのテーブルは本当に小さかった。向き合って座ると、お互いの息遣いや体温すらも感じ取れるのではないかと思うほどで、佳人はにわかに緊張する。水を飲むにも変な気恥ずかしさを覚えた。

「その後、新しい仕事は見つかったのか？」

コーヒーが来るのを待つ間、手持ちぶさたを紛らわすように遥のほうから話しかけてくる。

「あ、いえ、まだです」

佳人はバツの悪い思いをしながら、正直に答えた。

遥の顔色をそっと窺うと、さっきまでの仏頂面に輪をかけて、むすっとした表情になっている。

「……どうしてもこのまま俺の秘書を続けるのは嫌か？」

真っ向から聞かれ、佳人はたじろいだ。まさか遥がまだこの件に納得し切れない気持ちを抱いているとは露《つゆ》ほども考えていなかったからだ。「勝手にしろ」と突《つ》っ慳貪《けんどん》ながらにも辞職を認めてもらってから、今の今までこの話題を蒸し返されたこともない。遥の中ではとうに片がついた問題だとばかり思っていた。

「嫌なわけではありません」

佳人にはそうとしか答えようがない。

唐突だったため、この場で確固とした決意を見せ切れず、自然と顔を伏せがちになる。

遥も、珍しくあっさりとは退かなかった。いったんは認めたものの、後からいろいろと考えるところがあったらしい。

「だったら、何が不満だ？　この際だから、腹の中に溜め込んでいる気持ちを、洗いざらい聞かせてくれないか」

「社長は、この話をするために早めに社を出られたんですか？」

「そうかもしれない」

遥は自分でも今ひとつわけがわからない衝動に駆られているようで、曖昧《あいまい》な答え方をする。

「俺は少しおかしいのかもしれん。……きみを見ていると、どうにも説明のつかない焦燥を覚える。物足りなさみたいなものを感じることもある。さっき隣り合わせて車に乗っていて、また強くそれを意識した。きみが常に俺の身近にいてくれることに、ずいぶん依存していたのかもしれんな。変な話だが、きみが俺の家を出て行ってから、やたらとあの家が広く感じられだして、物寂しく思うときがたびたびある」

「社長には、田村さんがいらっしゃいます」

敦子のことには極力自分から触れたくなかったが、敦子を無視してこういう話をしても現実と違って無意味な会話になりかねず、佳人は控えめに口にした。

「ああ。それはそうなんだが」

遥は歯切れの悪い口調でいちおう頷く。

「ご結婚されると聞きました」

さらに佳人は自虐的な言葉を重ね、言った端から沈鬱《ちんうつ》な気持ちになって後悔する。

「誰から聞いた？」

遥にじろりと鋭い視線を当てられて、佳人は少し動揺した。この話はまだ一度も遥の口から直接聞いていないことに遅ればせながら思い至ったのだ。しまった、と心臓を縮ませる。

「東原さんからです」

なぜか敦子から電話をもらって一番に聞いたとは言いにくく、咄嗟に東原の名を出した。遥も東原からと言われると、眉を顰めながらも「そうか」と退くしかないようだった。

「知っているのなら隠さないが、確かに俺は、彼女とそのうち一緒になるかもしれないと思っている」

「おめでとうございます」

今度はさらりとスムーズに言えた。佳人は自分の自制心を褒めてやりたくなる。

「おめでとう、か」

祝福の言葉をもらったにもかかわらず、遥はどこか苦々しげで、嬉しそうな様子はまるで見せない。ひどく複雑な心地になったようだ。腕組みして瞼を伏せた表情には、深い憂《うれ》いが感じられた。

「きみの口から言われると、なぜか不安に煽られて落ち着かんな……」

「すみません」

佳人は反射的に謝っていた。

「……つまり、ですからやはり、わたしは社長の傍にいるべきではないんです」

「よくわからんな」

遥は顔を上げ、佳人と目を合わせると、諦観に満ちた息をつく。

「お待たせしました」

そのとき、オーダーしたコーヒーが運ばれてきた。佳人はブレンドにしたが、遥は朝方にもコーヒーを飲んだらしく、ここではエスプレッソを頼んでいた。

「一服したら、少し早いが『プレステージ』に行くぞ」

「はい」

どうやら遥は、この場で佳人の気を変えさせるのは諦めたらしい。口調と顔つきが事務的なものに戻っている。そうなったらなったで佳人も後ろ髪を引かれる気分を味わったが、そんな都合のいいことを言える立場ではないと反省する。

ブレンドコーヒーは常にブラックで飲む遥だが、エスプレッソにはミルクを入れる。そのことを承知していた佳人がミルクポットを遥の手元に近づけようとしたのと、遥が自分で指をかけたのとが同時になった。

「あっ」

互いの指が重なり合い、佳人はビクンと指先を震わせた。指先ばかりではなく、顎までふるっと震える。僅かに触れ合っただけだというのに、あっという間に体の芯を官能の波が走り抜けたのだ。

遥にも佳人が感じたのと似た感覚が生じたらしい。声には出さなかったが、つっと眉を寄せ、唇を薄く開く仕草が、悦楽をやり過ごすときの様子と同じだった。

「す、すみません」

頰を火照《ほて》らせ、狼狽《ろうばい》しながら、佳人が謝ると、遥も「いや」と動揺を隠さない声で返してきた。

いっきに空気がぎこちなくなる。

味もよくわからぬままコーヒーを飲み干した。

遥は佳人より先に飲み終えていて、佳人が空のカップをソーサーに戻すのを待ち構えていたように、伝票を取って立ち上がった。

佳人も遥の後を追う。

まだ心臓が落ち着かない。

佳人は『プレステージ』へと向かうエレベータの中でも、ずっと胸を騒がせていた。

もしもまたこんなことがあれば、せっかく別れようと決めた意思が脆《もろ》くも崩れてしまいそうだ。それは非常に困る。万一理性のタガが外れれば、佳人はきっと、なりふりかまわず遥に縋りつき、求めてしまいかねない。そうすると、遥はどれほど驚き、佳人を軽蔑するだろう。考えただけでぞっとする。

自制しなければ。

佳人は繰り返し自分に言い聞かせた。

ここまで辛抱してきたのに、最後の最後で綺麗に遥の傍から離れ切れなかったなら、今まで身を切られるような思いに堪えてきたことが、何の意味もなさなくなる。

三階に着くと、店舗への来客用出入り口の自動ドアの手前に、現金自動預払機、すなわちATMが設置されたコーナーがある。店は日祝休みでシャッターが下ろされるのだが、ATMコーナーだけは年中無休で利用できるようになっている。だいたいどこの同業他社でも大差ない営業方法だ。

佳人たちは来客用の出入り口ではなく、通路の先にある従業員専用のドアから直接事務所内に入るため、ATMコーナーを横目にしながら通り過ぎた。

ちょうど機械は利用中で、ねずみ色のセーターを着た中肉中背の男性が画面を操作しているようだ。男はスキー帽を被って頭をすっぽり覆っており、背後から見ただけでは年齢不詳だった。

佳人はお客から目を逸らし、ふと、このATMが何者かに壊されかけた報告を、社長の稲益から受けたすぐ後に、遥は事故に遭ったのだった、と思い出す。

あのときまで時間を巻き戻せたら、どんなに幸せだろう。佳人は取り留めもないことを考える自分を嘲《あざけ》った。気が弱っている証拠かもしれない。

事務所に入っていくと、端末を睨んでいた男や、電話を受けていた女の子たちがいっせいに二人に注目した。

「やっ、これはどうも、オーナー」

営業事務担当の水田《みずた》課長が勢いよく立ち上がる。

「中野《なかの》くん、お茶！　お茶淹れてきてくれないか」

すぐ前の席で仕事をしていた女子社員に頼み、「こちらへどうぞ、すぐ社長を呼んできますので」と言いながら、応接室へと案内する。

「もしよろしければ、私はここで事務の手伝いでもしていたいと思いますが」

佳人が言うと、遥も「ああ」と頷いた。稲益との打ち合わせに佳人が同席する必要はないということだ。

水田と共に左手奥の応接室に向かう遥の背を見送った佳人は、顔見知りばかりの社員たちが固まって仕事をしているところに入っていき、早速和んだ雰囲気のうちに迎えられた。

「ねぇねぇ、久保さん、社長……っと間違った、オーナー、来春にも結婚するってホント？」

「あたしもその噂聞いたのよ。ねっ、どうなの？」

どれほど秘密にしようとしても、噂はどこからともなく広まるものだ。佳人は弱った顔をして唇を曲げ、返事に困る。

「おれは知らないですよ。社長からは何も聞いてないですから」

事実そのとおりなのだが、こんな返事では許してもらえるはずもなく、女の子たちは「えー？」と疑り深げな声を上げ、「隠さないでよう」とさらに佳人をせっつく。

「参ったな……、少なくとも来春にどうのというのは、今の時点では眉唾《まゆつば》だと思うな。本当に、おれに答えられるのはこれだけだから。さぁ、みんな仕事に戻ろう。ほら、お客さんがいらしたよ」

ちょうど自動ドアが開き、黒いスキー帽を目深に被って濃いサングラスをかけた男が入ってきたのが見えたため、佳人は皆の注意を仕事に向け直させようとして言った。

客の男を見た途端、さっきＡＴＭを操作していた人だとわかる。色黒で唇がぼってりと肉厚の、まだ二十代半ばかそのくらいの男だ。機械でうまく現金が出せなかったか、支払いができなかったかしたのだろう。

「いらっしゃいませ」

カウンター担当の大迫《おおさこ》が持ち前の愛嬌《あいきょう》のよさを振りまきながら応対する。

「本日はどのようなご用件でご来店されましたで……」

「金を出せ」

大迫の言葉を遮って、スキー帽の男が強く言う。

「は？」

きょとんとして首を傾げる大迫に、男はいきなりカウンターをバーンと平手で強打し、怒鳴りつけた。

「は、じゃねぇんだよ！　さっさと金出せって言ってんだろっ！　わからねぇのか、このアマ！」

突然凄んで啖呵《たんか》を切り始めた男に店内がサッと緊張に包まれる。

もちろん佳人も青くなって固唾《かたず》を呑んだ。

「おらおら、早くしろよ！」

男がいきなり、左手に提げて持っていた布製のリュックから、先の尖った細身の包丁を抜き出し、大迫に突きつけた。

「きゃあああっ！」

けたたましい女性の悲鳴がし、ガシャーン……と派手に陶器の割れる音、朱塗りの盆が床に落ちる音がする。

悲鳴を上げたのは大迫ではなく、水田に頼まれてお茶を用意しにいっていた中野だ。ポットと来客用の茶碗が準備してあるキャビネットは、カウンターの右手の陰になった部分に置かれている。何の騒ぎか把握しないまま盆に載せたお茶を持ってそこから出てきた中野は、包丁を握って大迫に迫る男を見るや、パニックを起こしたのだ。大迫のほうは、逆に恐怖のあまり悲鳴も上げられずに固まっている。

男の注意がカウンターの向こうの大迫から、走って飛びかかれる位置にいる中野に移る。

中野が危ない。

佳人は男が動くより先に、自分でも信じられない速度でカウンターの端を通って向こう側に回ると、中野を背後に庇って男の前に立ちはだかった。

「中野さん、下がって！」

「きゃあっ！」

佳人が中野に叫ぶと、中野は半泣きで悲鳴を上げ、立ち竦んでしまった。

「ゆかり、こっちよっ！」

気丈な性格の大迫と、若い男性社員が二人がかりで、中野をカウンターの内側に引っ張り込む。

スキー帽の男はチッと舌打ちすると、中野の代わりに佳人を背後から羽交い締めにして、喉にぴたりと包丁の刃先をあてがった。

「動くなっ！」

「何事だ」

そのとき奥の応接室から、騒ぎを聞きつけた遥と稲益、水田の面々が外の様子を確かめに出てきた。三人はカウンターの端で男に捕まえられ、包丁を突きつけられている佳人を見るや、うっ、と息を呑み、みるみるうちに血の気を引かせていく。ことに遥の顔色の青ざめ方は激しかった。

「おい、警察だ」

稲益が水田に指図した途端、「よけいなまねはするなっ！」とスキー帽の男が怒声を発し、さらに佳人に包丁の尖った刃先を近づけた。

チクッと切っ先が喉に当たり、皮膚が傷ついた感触がする。

「おまえもだ。動くとぐさりとこいつが刺さるぞ」

男は佳人だけでなく皆に聞こえるほどの大声で脅しをかける。

「くそ……っ」

稲益が悔しげに悪態をつき、どうすればいいのか助けを求めるように遥を見る。

遥はギリリと歯嚙みして、佳人とスキー帽の男の動向から一瞬たりとも目を離さぬ緊迫感を漲《みなぎ》らせ、こちらを睨みつけていた。稲益のことは一顧《いっこ》だにしない。稲益も、おろおろと狼狽えている段ではないと悟ったのか、普段は柔和な顔つきをぐっと厳しく引き締めると、真横にいる水田に、何事か低い声で耳打ちする。

「いいか、こいつを傷つけたくなかったら、ありったけの金を用意しろ！　すぐだ！　そこのおまえとおまえ！　金庫を開けて札束だけ紙袋に詰めてこい！」

スキー帽の男は、佳人を逃がさないように捕らえておくことと、金を寄越せと指図することでいっぱいいっぱいの様子で、稲益と水田がこっそり耳打ちし合ったことには気づかなかったようだ。

佳人は包丁から少しでも首を遠ざけながら、なんとか打開策を見出して全員無事でこの危機を脱せられればいいが、と念じていた。恐ろしいことは恐ろしいが、他の人間よりはいくらか場慣れしているはずだ。大迫や中野がこんな目に遭わされるよりは数段よかった。

「いいか、俺が命令した女二人以外は、誰も動くんじゃないぞ。動けばこいつの命は保証しないからな」

男は本気のようだった。

十月のATM破壊事件に続いて、二ヶ月の間に二度も襲われるとは、もしかすると同一犯の犯行かもしれない。前の事件の犯人はまだ逮捕されていないはずだ。繁華街から外れた場所に建ったビル内にある、ワンフロア一店舗の金融会社、というのは、確かに強盗に入るには他の店より狙いやすい要素が大きいのかもしれない。はじめは店休日にATMを狙ったもののうまくいかずに失敗したので、いよいよ今度は切羽詰《せっぱつ》まって押し込みをする気になったと考えるのは、いちおう筋の通った推理だと思えた。

スキー帽の男に命令された大迫と中野が、強張り切った足取りで壁際の隅にある大型の耐火金庫へと歩いていく。稲益らと一緒に不安顔で立ち尽くしていた水田が、「か、鍵を……」と言いつつ自分のデスクに歩み寄り、金庫の鍵を抽斗《ひきだし》から取って大迫に手渡す。男は一瞬気色ばんだが、じっと目を光らせていただけで「動くな」と文句はつけなかった。

店舗内は緊迫感に満ち、静まりかえっている。皆、人質に取られている佳人から顔を逸らしたままだ。たまに、ちらちらと憐憫《れんびん》と心配の眼差しが掠め飛ぶ。なんとかしたい気持ちはあるのだろうが、下手に動くとさらにとんでもない事態を引き起こしそうで、誰も彼も尻込みしているのだ。

助けを待つばかりでは埒《らち》が明きそうにない。こうなることを覚悟の上で行動したのは自分自身である。正義漢ぶる気はなかった。ただ、勝手に体が動いていたのだ。ここは最後まで、自分の面倒は自分で見るべきだろう。誰にも後味の悪い思いはさせたくない。

佳人はごくりと喉を鳴らした。

薄く切られた傷がひりひり痛む。だが、そんなことはたいした問題ではなかった。

どうすればこの危機を脱せるだろう。

何かいい案はないだろうか。

佳人がこの男から無事に逃れられさえすれば、皆、みすみす大事な資金を強奪されるのを黙って見ている必要はなくなる。男の動向に固唾を呑むばかりで、じっと動けずに固まっていることもないのだ。すぐに警報ブザーを鳴らし、警備保障会社と警察を呼んで男を逮捕してもらうことができる。

なんとか隙をつけないだろうか……。

佳人が歯噛みしながら考えていたとき、ガラガラガシャン、ドン、といきなり何かがまた床に落ちる騒々しい音がした。この場にいるほぼ全員が、その音のした方向を反射的に振り向く。音は金庫の方からだ。おそらく、大迫がこちらに注意を引きつけて、その間に事態打開のきっかけを作れないかと機転を利かせ、金庫に保管されていた重要書類の束やなにやらを、わざと大げさに落としたのに違いない。

スキー帽の男もギクッと身を強張らせ、佳人を押さえる腕の力が一瞬緩んだ。

今だ——!

ずっと男の腕を振り解く機会を狙っていた佳人は、男が音に気を取られた僅かな間を逃さず、必死に身を捩《よじ》り、肩を回して相手の胸板を突きのけた。

「くそっ、こいつ!」

男の腕が緩んだのはほんの僅かな間だけだ。

佳人が抵抗を試みだした途端、男はカッと憤怒《ふんぬ》を露にして馬鹿力を発揮し、離れかけた佳人の肩を痛いほど強く摑み直し、引き寄せる。

「動くなと言っただろうが!」

サングラスをかけているので目は見えないが、怒り狂って瞳を見開き、恐ろしくぎらつかせている様が想像できた。

短気でキレやすそうな男が右腕を大きく振りかざす。

その手にしっかりと握り込んでいるのは、買ったばかりのように妖しく刃を光らせる包丁だ。

包丁を力任せに頭に打ち下ろされれば、頭蓋骨が裂けて割れる。

さすがの佳人も激しい恐怖に、喉に悲鳴を貼りつかせ、ぎゅうっと硬く瞼を閉じ合わせた。全身の毛がザアッと総毛立ち、悪寒が走った。

ここで死ぬのかもしれない――佳人が不穏な予感に襲われたときだ。

「佳人！」

緊迫した叫びと共に、誰かが横合いから勢いよくぶつかってくる。

佳人はあっけなく弾き飛ばされ、カウンターの側面に背中をぶつけてそのまま床に転倒した。

「痛っ……」

結構強く肩を打ち、佳人は呻き声を上げた。

いったい何が起きたのかさっぱり頭が回っていなかった。

痛みを堪えて事態を確かめるために視線を上げたところ、佳人の代わりに男と揉み合う遥の姿が目に飛び込んでくる。

「遥さんっ！」

ここが会社だということも忘れ、思わずそう叫んでいた。いざというときには体面など考えている余裕はない。

遥は、包丁をめちゃくちゃに振り回す男の腕を、なんとか捕らえて押さえようと、必死になっている。だが男も死に物狂いだ。こうなったら自棄《やけ》を起こして、どうとでもなれと捨て鉢になっているように見える。

追いつめられた気の短い男は本当に何をしでかすか予測不能だ。

佳人は全身から血の気が引く心地がした。

「危ない、危ない、遥さん！」

佳人が二人の間に割って入ろうと立ち上がりかけた矢先、男の手にある包丁が遥の頬を掠め、ビュッと一文字に血が飛び散った。

「は、遥さんっっ！」

佳人はあまりの衝撃に胸が張り裂けそうなほど驚き、中腰になったまま、錯乱したのではないかと自分でも不安になるような声を上げた。

と同時に、今度はガーッと出入り口の自動ドアが開く。

そして、まさに佳人の叫びを合図にしたようなタイミングで、店の外から若手の男性社員三人が「それっ」と勢いよく駆け込んできた。

男性社員たちはどさくさに紛れて事務所から抜け出し、いつのまにかこちら側に回ってきていたらしい。さっき稲益が水田に耳打ちしていたのは、このことだったのだと、佳人は思い当たった。

三人はいっせいにスキー帽の男に飛びかかり、激しく抵抗する男を力を合わせて封じ込める。

一対三ではスキー帽の男に勝ち目はなかった。悪態を吐きながら暴れまくっていたが、じきに力が尽きてきたらしく、最後にはがっくりとして押さえ込まれてしまった。その間、およそ二分か三分ほどだっただろうか。

時代劇かなにかの大捕物《おおとりもの》を見るような光景に気を取られ、最初の数秒は唖然としていた佳人だが、すぐにハッと気を取り直し、怪我をした遥がどうなったのか確かめようと首を回す。

「佳人」

遥は佳人のすぐ傍まで来てくれていた。

ちょうど遥も佳人の無事を確かめようとしていたらしく、佳人の目の前に膝を突いて屈み込んだところだった。

「遥さん」

佳人は安堵にじわっと涙腺を緩め、なりふりかまっていられずに、遥の首に両腕を回して抱きつくと、そのまま感極まり、広い胸板に濡れた頬を擦りつけてしまった。

「……佳人」

遥が遠慮がちに佳人の髪に指を入れ、ぎゅっと後頭部を抱き寄せる。

「遥さん」

なけなしの理性が佳人に気恥ずかしさを覚えさせ、佳人はすぐに顔を上げた。涙が溜まって霞《かす》んだ目で遥を見つめ、横に五センチほど切れている頬の痛々しい傷に一瞬だけ唇を押し当てる。

遥の血の味が佳人の唇から口の中にまで広がった。

前にもこれと同じようなことがあったのを思い出す。

「すみません、またこんな……また……」

そのとき佳人の脳裏に浮かんだのは、前に浦野《うらの》という遥の元秘書兼ボディガードが、佳人を傷つけようとして振り上げたナイフを、やはり今度のように遥が身を挺《てい》して受け、代わりに怪我をしたことだった。

また、と口走ってから、ああそうか、遥には覚えのないことなのだった、と現実に立ち返る。

しかし、さらに次の瞬間、「えっ？」と信じられない奇跡に見舞われたような声を上げていた。

遥が先ほどからずっと佳人を名前で呼び、前と同じようにはっきり自分の恋人と認識した言動をしていることに、遅ればせながら気づいたのだ。

「遥、さん？」

まさか……という半信半疑の気持ちで、佳人は遥をまじまじと見つめた。

「ああ」

遥は、長い夢から醒めたような顔をして、同じように佳人を真っ直ぐ見つめ返す。

どこか照れくさそうで、そのくせやはりぶっきらぼうで、佳人はみるみるうちに歓喜に体中を満たされた。

「思い出したんですね……？　遥さん……おれが、おれが……わかるんですね？」

嬉しさと感動のあまり、声が震える。

「……俺は、おまえが今の今までわからなかったんだということのほうが、信じられない」

遥がぼそりと言う。

「包丁を突きつけられていたおまえを見た途端、頭に閃光《せんこう》が走ったようだった。既視感みたいなものが込み上げてきて、それがじわじわと、記憶を取り戻すのを妨げていた霧を晴らしていくのを、感じたんだ。だが、なにもかもはっきりと思い出したのは、頬を切られた瞬間だ。……浦野だ。浦野とのことが脳裏に浮かんだと同時に、すべての記憶が繋がった」

「一緒です。おれも、浦野さんとの事件を咄嗟に思い出していました」

佳人の涙腺はこうなるとまるで辛抱が利かなかった。

次から次へと涙が溢れ出る。

「おれ、最初は全然気がつきませんでした。全部無意識で、遥さんが記憶をなくしているんだということ自体を失念していたんです。ふっと我に返って、ようやく遥さんの身にまた起きた奇跡に気づいて……驚きで、頭が、……頭がぐちゃぐちゃになりました。いや、今でもまだ全然整理のつかない状態です。どうすれば今すぐに気持ちを落ち着けられるのか……」

「もういい。何も言うな」

カウンターの下に蹲《うずくま》ったまま、そうして恥も外聞もなく感情を乱す佳人を、遥は黙って強く抱《ほう》擁《よう》してきた。

周囲がどうなっているのかを気にかけていられる余裕は、今の二人にはとうていなかった。皆の協力で強盗が取り押さえられ、じき警察も駆けつけるよう手配されている、というところまで

把握していれば、差し当たってこの場は十分だろう。『プレステージ』の責任者はすでに遥ではなく、稲益に替わっているのだ。

佳人の頭の中は、遥が本来の自分自身を取り戻してくれた感動でいっぱいになっている。たぶん、遥も同じ想いを噛みしめているのではないだろうか。

間もなく、ドヤドヤと多人数の足音が廊下を踏み鳴らして近づいてくるのが聞こえてきた。警官たちが到着したようだ。

それでもまだ佳人は遥から離れがたくて、「あのう、ちょっといいですか、お二人とも？」と警官に声をかけられるまで、遥の腕の中でじっとしていた。


強盗と傷害、銃刀法違反の現行犯で逮捕されたスキー帽の男は、やはり十月下旬にもＡＴＭを壊そうとして果たせず、逃げていた犯人と同一人物だったことが、警察の取り調べで判明したらしい。厳しく追及されて、自供したそうだ。

「本当にお疲れ様でした。大変な目に遭われましたね、お二人とも」

事情聴取が終わり、警察署まで迎えにきた社用車に遥と共に乗る際、普段は相手から返事を求められない限り口を噤《つぐ》んでいる中村が、今回ばかりはさすがに黙っていられなかったらしく、話しかけてきた。

「お怪我の具合はどんなふうですか?」

「ああ、俺はまったく問題ない」

遥は普段どおりに無愛想な調子で淡々と答え、横目で佳人を一瞥する。

「おれも平気です」

指先でそっと喉の傷を確かめながら、佳人も中村を安心させるように言う。念のためにと薬を塗ったガーゼをあてがい、絆創膏《ばんそうこう》で留めてあるのだが、大げさすぎてすぐにでも取ってしまいたいほどだ。遥の頬の傷のほうがよほど深いはずなのに、遥は、血が止まっているのだから包帯もガーゼもいらないだろうと頑なに医師の手当てを断り、綺麗な顔に傷を晒したまま平然としている。痕が残るほど酷い傷ではないとはいえ、佳人にはとても痛々しく感じられ、つくづく遥に悪いことをしたと悔やまれる。

「お二人の怪我もそれほどたいしたことがなくて、関係者全員無事だったと聞きましたら、ホッとして肩の力が抜けましたよ」

「悪かったな、きみにまでよけいな心配をかけたようで」

「とんでもない。番組の途中で、この事件のことが緊急ニュースとしてテロップで流されたときには、びっくりして、うどん屋で奇声を上げるところでしたが」

「テレビでちらりとでも放送されたのか?」

これには佳人も驚いた。犯人はすぐ逮捕されたのだし、夕方か夜の地方版で取り上げられる程度だろうと思っていたのだ。しかし、中村の弁を聞くと、どうやら昼間、結構衝撃的なニュースとして伝えられたらしい。それでは今頃、関連会社や取引先などの間でも噂で持ち切りになっていることだろう。

「また辰雄さんに苦い顔されるな……」

遥が誰にともなくぼそりと呟く。

確かに東原は、またおまえたち妙なことに巻き込まれたのか、と呆れ果てることだろう。

どうも遥と佳人には、平穏無事な日々はあまり約束されていないようだ。なにかというと、ありがたくないトラブルに見舞われたり巻き込まれたりしてばかりいる。

「ですが、強盗事件のおかげで記憶がちゃんと戻ったのは、まさに不幸中の幸いでしたね」

「ああ。何がきっかけで物事が変わるか、本当にわからないものだ。俺も今度ばかりは不幸を引き寄せる自分の運命に少しだけ感謝したい心境だな」

そう言いつつ、遥は佳人の膝に腕を伸ばし、載せていた右手をしっかり握ってきた。

「……遥さん」

こうして社用車の中で、プライベートな親密さを感じさせる接触の仕方をされるのも久しぶりだ。遥は佳人と、およそひと月半ぶりに再会したにも等しい状況なのだ。

今日はもう、尋常でないアクシデントが起きたせいで疲れ果てたので、午後の予定をすべてキャンセルして帰宅することになっている。車は遥の自宅に向かっているところだ。本当はまだ勤務中で、けじめをつけて接するべきなのはわかっているのだが、今だけは大目に見てほしい心境だった。

遥も同じ気持ちだろう。重なり合わされた手は、いつまで経っても離れていく気配がない。触れた手から、遥の体温と一緒に幸福に満ちた穏やかな感情がじわじわと伝わり、体中に浸透していく。佳人は眩暈《めまい》がするように甘美な幸せを噛みしめた。

もう二度と本意でない別れを決断しなければいけないはめになるのは嫌だ。できることならば、この手を一生離さずにいたい。

そんな気持ちが徐々に募っていき、佳人からも遥の手を握り返していた。

佳人の心が遥に通じたのか、遥がおもむろに「すまなかった」と硬い声で謝る。

「俺はずいぶんおまえに苦しい思いをさせたんだろうな。おまえはずっと、おまえのことだけ思い出さない薄情な俺に、堪えていたんだ。……よく愛想を尽かさずにいてくれた。おまえはやはり強い男だ。俺がおまえの立場なら、とうに尻尾を巻いて逃げ出していたかもしれん」

「一人じゃなかったからです」

今となれば、悪い夢を見ていたようにさえ感じられるほど、辛さも哀しさも消えている。遥に言われて、あらためて今朝までの日々を振り返り、佳人は柔らかく微笑んだ。

「東原さんも貴史さんも、柳《やなぎ》係長もおれを励まして支えてくれました。そうだ、山岡社長にも気を遣っていただいたんですよ」

「ああ、そんなふうだったな」

山岡のことになるとやはり遥は忌々しげな顔をしたが、今度ばかりはそれ以上に悪態をつくことはなかった。山岡にも感謝しているのがそこはかとなく伝わってくる。

「遥さん、おれと山岡社長が話していると、いつもちょっと不機嫌になりますね」

佳人が軽い気持ちで冗談っぽく嫉妬なのかとほのめかすと、遥はムッと不愉快そうな顔をしつつも否定しなかった。否定しないどころか、あっさり認めたのだ。

「自分の恋人にちょっかい出されて苛立ったら、悪いのか。俺だって人並みに妬くこともある。おまえのことを忘れていたときも、なぜか苛々してその不可解さに悩んだ。悩むたびに錐《きり》を差し込まれでもするような頭痛がしてきて、じっくり考えたくても考えられなくなっていたがな。おまえは俺の『特別』なんじゃなかったのかという疑惑は、常に頭の片隅にこびりついていた。ずっと俺たちの縁は切れていなかったということだ。そう考えるのは俺の自惚《うぬぼ》れか？」

「遥さん……！」

これには佳人の方が面食らい、唖然としてしまう。

フン、と遥はバツが悪そうにそっぽを向いた。めったになく饒舌《じょうぜつ》になった自分に、我に返ってから照れたようだ。耳朶がうっすら赤く染まっているのが見て取れる。

佳人は胸が熱くなり、自分も精一杯正直になろうと決意した。

「遥さん、おれも、おれもずいぶん醜《みにく》く嫉妬していました」

「……彼女に、か？」

「はい」

「言っておくが、俺と彼女は再会して以降、男と女になっていない」

「信じます」

迷うことなく佳人は返した。

「佳人」

遥がぐいっと佳人の手を引いて、佳人の体を自分に近づける。不意を衝かれた佳人は狼狽え、遥の腕の中で少し身動ぎした。いくらなんでも、運転席の中村の顰蹙《ひんしゅく》を買うのでは、と気にしたのだ。しかし中村は、後部座席での会話や行為に対し、完全に目と耳と口の機能をシャットアウトしているらしく、微動だにしない。車はプロの腕による安定した走行を続けていた。

「記憶が戻らなかった間、俺はおまえをずいぶん傷つけた。悪かったと思っている」

「いいんです、それはもう」

「俺を許せるのなら、もう一度戻ってきてくれ」

遥は回りくどいことはいっさいなしにして、ストレートに求めてくる。

嬉しさが込み上げる一方、佳人は敦子のことを気にせずにはいられなかった。自然、複雑な表情を浮かべてしまっていたのだろう。遥も佳人の憂慮することに、当然自分なりの考えや決意を持っていた。

「彼女には俺からすべて話す。記憶が戻り、おまえが俺にとってどういう相手だったのか思い出せた以上、どれほど彼女を幸せにしてやりたいと思っていようとも、おまえと引き替えにすることはできない。彼女は……たぶん理解してくれるだろう」

敦子は遥がかつて愛した人だ。おそらく今でも好意は持っているだろう。佳人とは遥を間に挟んで少なからぬ確執があったから、お互いなんとなくぎこちなくしか接することができなかったが、元々聡明で思慮深い女性であることは、佳人も認めるのにやぶさかではない。遥が誠意を籠めて話したなら、確かにわかってくれるような気はした。

「遥さんは、本当に、おれでいいんですか？」

佳人は躊躇いがちに確かめた。

「おまえでなければだめだ」

遥の返事に佳人は目を瞠る。

それは、いつだったか、佳人自身が遥に聞かれて答えたのと同じ返事だったからだ。

鼻の奥がツンとしてきて、みるみるうちに目に映るものすべてが歪む。

「……ありがとうございます」

「よせ。礼など言うな。迷惑だ」

短い言葉を重ねてぶっきらぼうに喋る遥の声も、心なしか湿って聞こえる。遥はそれをごまかすように佳人の肩を引き、俯いていた佳人の頭を自分の胸に抱き込んだ。

遥の胸板にぴったりと顔を寄せた佳人の耳に、少し速めのテンポで鼓動する心臓の音が響いてきた。馴染んだ熱と匂いにも包まれる。そうした五官のすべてで感じることがことごとく官能を刺激して、佳人を快感の渦に巻き込もうとする。次第に体の芯が熱くなり、痺れてきた。

このままずっと、遥の傍にいたい……。

だが、車が黒澤家の前で停まったとき、佳人は名残惜しい気持ちを宥《なだ》めつつ、身を起こしていた。

遥の顔を仰ぎ見て、できるだけ明るい笑顔を浮かべる。

「今夜はここで失礼します」

おやすみなさい、と佳人は続けかけたが、遥に唇を指で塞がれて声に出せなかった。

「だめだ。離さない」

遥は真摯そのもので、決意に満ちた断固たる顔つきをしていた。家に敦子がいても、激情を止める術はなく、また、止めるつもりもないようだ。そのくらい情熱的に気持ちを昂らせているのが察せられた。佳人も否応なく腹を据えることを求められている気がする。今夜は、などというその場凌ぎは通用しそうになかった。

「ここは俺とおまえの家だ。彼女に事実を告げるのなら、早いほうがいい。どんなに残酷でも、俺にはそうするほかないんだからな。その代わり、彼女のために何か他にできることがあれば、俺は全力を尽くす。おまえもそれは許容してくれないか」

「わかりました」

遥の気持ちの揺るぎなさと激しさが、躊躇う佳人を動かした。敦子への誠意の示し方にも心から賛同できる。ひいては佳人に対する愛情の深さを物語っているようで、面映ゆさと同時に誇らしさや歓喜、そして感動さえも覚えた。

「いつもいつも俺はおまえを傷つけてばかりだな。大丈夫か？」

「……はい。でも、正直、敦子さんのことは……すごく辛かったです」

「だからこの家を出て行ったのか。俺が結婚を考えているかもしれないと思って、会社まで辞める決意をしたわけか。最低だな、俺は」

「遥さんが悪いんじゃありません」

佳人は車から降りる前に、もう少しだけ遥の温もりを分けてほしくなった。

「おれに勇気をください」

「佳……」

開きかけた遥の唇に自分の唇を重ね、佳人は大胆にも遥にキスをした。

唇を押しつけ合い、湿った粘膜の感触を確かめるだけのキスだったが、触れ合わせた途端、佳人は体中に電気を流されたような刺激を受け、思わずあえかな声を洩らしていた。遥も感じるところがあったようで、佳人の体に回していた腕に、ぐっと力を入れてくる。

唇を離しても、しばらく佳人は遥の腕に体を預けたままでいた。

すでに日は沈み切って外は街灯の明かりだけという薄暗さだったのだが、家の前の公道で、堂々としたまねをしたものだ。後から冷静になって反芻《はんすう》したとき、佳人は一人で赤面した。

「行こうか」

ややして遥に声をかけられ、今度こそ佳人は迷わず頷く。

「それでは社長、久保さん、よい週末をお過ごしください」

「ありがとう、中村」

ベンツの赤いテールランプが角を曲がって消えていく。それを見送ってから、佳人は踵を返した遥の背中に従い門扉をくぐる。

玄関ポーチに続く前庭を歩く間、佳人は俯いたまま、これから敦子と向き合って話し合うための決意を鈍らせないよう、自分自身を鼓舞していた。

「まだ帰っていないようだな」

先を歩く遥の呟きが耳に届く。

佳人はふと顔を上げた。

広々とした純和風建築の家屋には、どこにも明かりが灯《とも》されていない。庭の常夜灯が辺りを照らしているばかりだ。

「いつも六時には家に着いていると言っていたはずだが」

警察でずいぶん長く引き留められていたため、すでに六時半近くになっている。

訝りながらも、遥はポケットからキーホルダーを出し、自分の鍵で玄関の戸を開けた。

やはり誰もいないようだ。

佳人は二週間ぶりに遥の家に足を踏み入れ、泣きたいほど自分がここに戻りたがっていたのだということを痛感した。

やっと帰ってこられた——その気持ちで胸がいっぱいになる。

ああ、やはり、自分の家はここなのだ。ここしかないのだと思い知る。もう一度戻ってこられた僥倖《ぎょうこう》を、あらためてあらゆる方面に感謝したくなった。

「佳人」

茶の間に入った遥が佳人を呼ぶ。

佳人は「はい」と返事をしながら遥の傍に行き、座卓に着いた遥が手にしている三つ折りの便箋を横から覗き込んだ。

「これ、敦子さんからの……?」

「ああ。書き置きだ」

遥が感情を押し殺した声で言う。ちらりと見た封筒の表には、綺麗なボールペン書きの字で『黒澤遥様』と中央に宛名が記されている。手紙を読まなくても、内容はなんとなく推察された。

「中村が、『プレステージ』に強盗が入り、社員の機転で無事逮捕されたというニュースが、昼頃からテレビで流されていたと言っていたな。敦子も昼休みに会社でそれを見て、手の空いたときに『プレステージ』に電話を入れたらしい。俺が昨晩ちらりと、今日の午後はここで打ち合わせだと洩らしたのを覚えていて、もしや負傷者二名のうちの一人は俺ではないかと心配して、確かめたかったようだ」

そこで敦子は、電話に応じた水田課長から、事件のおかげで遥の記憶が戻ったことを聞いたのだ。

「彼女は、俺とおまえがどういう関係で暮らしていたのか、薄々気づいていたんだな。俺の記憶が完全に戻ったのなら、もう俺が彼女を選ぶ可能性はないと思うから、潔く諦める――そう書いてある」

「……遥さん」

「前からこうなる予感がしていた、ずっと期待と不安で気が休まらなかった、とも書かれている」

「おれ……」

本当にいいのだろうか。

「何度も同じ事を言わせるな」

佳人が言いかけた言葉の続きを察してか、遥は躊躇いもなく佳人の不安を薙《な》ぎ払う。

「実際、俺は迷っていた。俺と一緒になることで本当に彼女が幸せになれるのか、最後の一歩を迷う気持ちがずっとつきまとっていたんだ。だからしばらく考えさせてほしいと頼んでいた。彼女は、踏み切れない俺が、いい加減嫌になっていたのかもしれんな」

「そうでしょうか」

佳人には敦子の真意はわからないが、遥に愛想が尽きたのでないことだけは賭けてもいい。敦子は遥と別れてからもずっと遥に未練を持ち続けてきて、他の人に目を向けられなかったようだが、遥はそうではなかった。その差に敦子は、人は変わるのだ、もう昔の二人には戻れないのだという現実を見出し、諦めるしかなかったのではないかと思う。

「どっちにしても、俺は今、彼女のことをあれこれ考えていられる心境じゃない」

遥は佳人に苛立ちを含んだきつい一瞥をくれた。

「口で言ってもわからないのなら、もっと手っ取り早く教えてやる」

そう言い放つなり、いきなり立ち上がると、佳人の二の腕を掴んで引き立たせた。

「来い」

そのまま強引に腕を取って歩かされる。

「は、遥さん」

佳人は躊躇いと動揺に覚束なげになりがちな足取りで、遥に連れられ階段を上っていった。

ごくり、と喉が鳴る。

この先の展開を期待して、体中が悦《よろこ》びと期待に震えるのを自覚する。佳人自身、紛れもなく遥にベッドで翻弄されることを望んでいた。

遥が欲しい。

己の浅ましさには嫌悪と羞恥を感じるが、一度火がついて燃え始めた体は、遥に抱いてもらわない限り鎮《しず》まらない。佳人はそれを、すでに嫌というくらい思い知らされている。

ここは潔く欲望に身を任せ、遥を感じられるだけ感じようと佳人は思った。


明かりを絞って暗くした寝室に、肌がシーツに擦れる衣擦《きぬず》れの音と、繰り返し粘膜を接合させてキスをする音が響く。

ベッドに上がる前、遥は服を脱ぎ落とさせた佳人の裸に目を細め、「一ヶ月半ぶりだな」と感慨深そうに言った。高千穂《たかちほ》の民芸旅館で抱き合って以来だ。佳人はあのときの熱い行為を脳裏に浮かばせて、じわじわと頬を熱くした。一晩に三度もしたことを遥は覚えているだろうか。三回目に佳人に覆い被さってきて足を開かせたとき、遥が「すまん」と色気に満ちた声で断りを入れたのが、いまだに耳朶に残っている。

遥は佳人の全身に唇を這わせ、所有のしるしを散らしていく。

太股や下腹にぶつかってくる遥の中心は、苦しそうなほど張り詰めて、がちがちに硬くなっているにもかかわらず、遥は驚くほど忍耐強く丁寧な前戯を佳人に施し続ける。愛されていることを、大切にされていることを、身に沁みて感じた。

じっと横たわったままで、遥にだけいろいろさせているのは好きではない。

佳人からも積極的に遥に触れた。

肩や腕、胸板や乳首など、目につく場所すべてに指と唇を使い、少しでも反応のよかったところは繰り返し愛撫する。

遥の感じたときの表情と低く押し殺した喘ぎ声は、佳人の官能を激しく揺さぶる。抑えようもなく心と体が高揚してきて、遥が愛しくてたまらなくなるのだ。

「遥さん」

佳人は遥と体を入れ替えて、シーツに仰臥《ぎょうが》した遥の上になると、尖って硬くなっていた胸の突起を唇で挟んで強めに吸い上げた。

遥が首を横に倒し、美しく筋肉のついた胸を大きく上下させる。感じているのだ。くっ、と噛みしめた唇が微かに震えている。些細な仕草にも色気が滲み出ていて、佳人はますます昂った。

遥の感じる悦楽が、そのまま佳人にとっての媚薬になる。その上遥に腰や背中や脇などを触れられると、脳髄がくらりと痺れてしまうほどの快感に襲われる。

セックスがこれほど気持ちいいものだと佳人に教えてくれたのは遥だ。

遥と出会うまでにもずいぶん際どい経験をさせられてきたが、気持ちが通じ合っているのといないのとでは、同じ事をしていてもまるで感じ方が異なるものなのだと知らされた。佳人は、遥

を知って、初めて本当の意味でのセックスを覚えたのだと思っている。だから、男の身でありながら十年間ヤクザの親分の愛人だったという、なかなか凄絶な過去も、なんとか乗り越えて割り切ることができたのかもしれない。

「遥さん……好きです」

吐息に絡めるようにして洩らす。

遥に対してこんなに素直になれるとは、自分でも驚くばかりだ。

関係を結んだ最初の頃は、意地っ張りで不器用で何を考えているのか摑めない遥が悔しくて、佳人の側までつい強情を張ることが多かった。「好き」と認める代わりに「嫌いです」などと天《あま》の邪鬼《じゃく》な言葉を返すのが当たり前だったのだ。そのたびに遥も「そうか」と冷淡に嘲笑《あざわら》い、自分も決して佳人に興味のある素振りは示さなかった。あらためて考えれば、滑稽だ。東原が呆れて「ばかか、おまえたちは」と言っていたのも無理はない。

「佳人」

「もっとしてもいいですか」

遥はそれにはなにも言葉で答えなかったが、佳人が体をずらして下腹の茂みに顔を埋めようとすると、佳人を腹に乗せたまま上体を起こし、腰に手をかけて「こっち向きになれ」と促した。

佳人は遥が求めている体位を取ることに赤面したものの、嫌と逆らう気はなかった。

体の位置を逆さにすると、膝立ちになって太股を開き、遥の胴を挟む。遥の頭上に腰を持ってくる恥ずかしい格好だ。佳人のすべてが遥には丸見えになっているだろう。佳人の鼻先にも同じように遥の股間がきていたが、下から見られるほうが数段羞恥を煽られる気がする。

肉付きの薄い尻を両手で割り開かれ、奥に秘めた襞《ひだ》に熱い息を吹きかけられる。それだけで佳人は腰を揺すり、内股を引き攣らせた。

濡れた舌が押し当てられてきて、中心を解すように抉り始める。

ぞくぞくする感覚が背中の中心を首筋まで這い上がってくる。佳人は小刻みに息を弾ませて喘ぎつつ、伏せた睫毛《まつげ》を揺らし、唇と顎を震えさせた。雄芯《おしん》にもどんどん血が集まってきて、硬く強張りだす。きっとすぐに先走りの淫らな雫が浮いてきて、先端を濡らすだろう。

遥に後孔を解されている間、佳人も感じて呻いてばかりいるつもりはなかった。

目の前で猛々しく勃っている遥のものを摑み、優しく竿を上下に擦りたてながら、括《くび》れから先に舌を使う。小さな孔《あな》に尖らせた舌先を捻り込むと、独特の塩辛い味がして、じわりと透明な液が零れてきた。佳人が遥のものを責めれば、佳人の後ろを解す遥の舌の動きにも熱が籠もる。遥がどれだけ快感を得ているのか、直接自分の体に思い知らされているようだ。遥を喘がせたかったはずなのに、かえって佳人のほうがあられもない声を放つはめになる。

佳人は喉の奥まで迎え入れた遥のものに、ありったけの愛情を籠めて奉仕した。この後これで奥を突き上げられることを想像すると、それだけで陶酔感に浸される。

一度は別れるしかないと覚悟して、たぶんこの先二度と、あんなに誰かを好きになることはないだろうとまで思っていたところに、まさかの逆転劇が訪れた。おかげでこうしてまた遥と抱き合えている。

辛かった日々をちらりとでも反芻すると、佳人は胸が詰まりかける。

巧みな口淫で遥を追い上げながら、またもや緩んできた涙腺に閉口した。

「もう、……よせ」

とうとう我慢し切れなくなったらしく、遥は切羽詰まった声で制止する。

「……だめだ」

喘ぐように洩らし、意趣返しだとばかりに佳人の陰茎に手を伸ばす。ぎゅっ、ときつめに握り込まれた。

「んっ…！」

佳人は眉を寄せて呻き、喉の奥深くにまで入れていた遥のものを離した。喘いだ弾みにうっかり遥に歯を立てでもしたら悪い。遥は佳人の感じるところを心得ている。遥が与える快感に翻弄されたとき、果たしてどこまで理性を保っていられるのか、佳人には自信がなかった。まして今夜は、長い闇からようやく抜け出した遥と過ごす、久しぶりの夜だ。佳人の気持ちはこれまでになく昂っている。体中が遥を求めていた。

茎を扱《しご》かれるたびに、くちゅくちゅと淫猥《いんわい》に湿った音がする。

「は、……あっ、……遥さん！」

感じるのと恥ずかしいのとでじっとしていられず、佳人は遥の下腹に顔を埋めたまま掲げた腰をゆらゆらと動かした。

先端を撫で回す指の腹は先走りの液で濡れ、滑りやすくなっている。その指で括れた部分の裏側を丹念に擦って刺激されると、身悶えするほどいい。佳人は声を殺し切れず、淫らな喘ぎを放ち続けた。

佳人が感じて乱れるたびに遥の手と唇はさらに熱心になる。

「い、いく……、あ」

本当にいきそうな気がして、佳人は全身を力ませて背筋をぐっと反らした。半開きにしたままの唇からは、ひっきりなしに荒い息が零れる。

「まだだ」

遥がぞくりとするほど艶のある声で佳人を焦らす。

手の動きをゆるゆると緩慢にし、佳人に高みを越えさせないようにしながら、もう一方の指を先ほどまで舌で寛げていた奥の窄まりに忍ばせる。

節のはっきりとした長い指が、柔らかく解れて唾液で濡れたままの襞を掻き分け、ずずっと奥まで入り込んでいく。

狭い筒の内側をぎちぎちに埋め、過敏な粘膜の壁を擦って刺激しつつ付け根まで押し込まれ、佳人は淫らな嬌声《きょうせい》を上げ、シーツに爪を立てて縋りついた。

奥が物欲しげに蠢《うごめ》いて、遥の指を食い締めるのが自分でもわかる。

こうして遥を受け入れるのを、ずっと待ち望んでいたのだ。

いったんは諦めようと決意していただけに、佳人は感涙した。

遥を愛している。たとえそのために誰かを不幸にすることがあるとしても、佳人にはこの気持ちを変えることはできない。他の人に遥を渡したくない。そのことを今回の事件を通して、はっきり思い知らされた。

佳人の中に入り込んでいる指がゆっくりと抜き差しされる。

体の奥から快感が生じ、広がっていく。

佳人は小刻みに喘ぎながら貪欲に悦楽を堪能した。後孔を責めるのに合わせ、淫液を滲ませている前方も再び弄られる。ときどき許容できないほどの法悦が訪れて、もしかするとこのまま指だけでいかされてしまうのではないかと思う瞬間が、少なくとも二度あった。

いきそうになって取り乱す佳人を、遥はなかなか許さない。

身を起こした遥は、うつ伏せで肩をシーツにつけて腰だけ高々と掲げた佳人に、背後からいつでも挑める体勢になっていた。

奥を穿つ指が二本に増やされる。拡げられて滑りのよくなった筒の中を激しい動きで出入りし、どうにかなってしまいそうなほど感じる部分を押したり叩いたりする。過度の快感に佳人は狂乱して頭を振り乱し、嗚咽《おえつ》を洩らしながら爪が白くなるほどシーツを引き摑んだ。

膝が震え、内股がぶるぶると痙攣《けいれん》して、腰を落としてしまいそうになる。

まだ遥自身を挿《い》れられていないのに、このまま失神してしまいそうだった。

「お願い……、遥さん、おれもう……」

「いきたいか？」

遥も興奮しているのを隠せずに上擦り気味の声になっている。

さんざん中を掻き回した指を二本いっぺんに抜くと、崩れそうになる佳人の腰をがっちりと支え直す。遥は膝立ちの姿勢で、屹立したままの股間を、指を抜かれたばかりで物欲しげにひくつく襞の中心にあてがい、いっきに貫いてきた。

いきなりの挿入に、佳人は息を止め、ヒュッと喉の奥で悲鳴になり損ねた音をたてた。

欲しくて待ちわびていたものが佳人の身を押し開いて入ってくる。

予想していたより硬くて嵩《かさ》があって、覚悟した以上の衝撃に見舞われる。

「あぁ、……あ」

根本まで受け入れたとき、佳人はこれまで生身の男では経験したこともないほどの深い侵入に、苦しさと感動の両方を味わわされた。

佳人が遥を待ち望んでいたのと同じかそれ以上に、遥も佳人を欲しがり、興奮を鎮められずにいたのだ。そのことをひしひしと感じさせられた。

「おまえが好きだ、佳人」

遥は感極まった様子で告げ、佳人に息を呑ませた。

「遥さん」

意地っ張りで、なかなか佳人に本心を打ち明けない遥が――。佳人は幻聴か、他の言葉を勝手に聞き違えたのではないかと疑った。

しかし、次にもう一度、さすがに今度は衒《てら》いが出たのか、いささかぶっきらぼうではあったが、

「愛している。どこにも行くな」

と口早に言われたときには、やはり前の言葉も勘違いではなかったのだと確信し、込み上げる歓喜を持て余した。

「……いいな？」

遥が佳人の背に上体を倒してきて、だめ押しするように耳元に囁きかける。

そうされると奥を穿つ猛々しいものが、角度を変えてさらに深いところに当たり、佳人は「はい」と返事をする端から「ひっ……！」と淫らな悲鳴を上げた。

「久しぶりで辛そうだな」

汗ばんだ背中を遥の唇がつうっと優しく辿り、ところどころにキスされる。佳人は些細な愛撫にも反応し、敏感に応えた。遥はそのたびに満足そうな息をつく。征服欲や所有欲、そして恋人を感じさせているという男としての矜持《きょうじ》が満たされるのだろう。

「平気です」

心配されるとつい虚勢を張って平気な振りをしてしまう。愛している、どこにも行くな、と言われたことがあまりにもありがたく、嬉しくて、少しでも辛く感じているなどと思われたくなかった。

ふっ、と遥がおかしそうに冷笑したのが背中越しにもわかった。佳人の相変わらずの意地っ張りぶりに呆れたようだ。

「だったら動くぞ」

「……はい」

佳人は答えて身構えたが、遥はすぐには動かさず、逆に佳人を焦らすように後孔を突く代わりに佳人の勃起を摑み、再びまさぐり始めた。

手の中に包み込まれ、緩急をつけて巧みに扱かれる。

ダイレクトな刺激が強い快感に脳を痺れさせ、平気でいられなくさせる。同時に過敏な乳首も的にされた。

すぐに佳人はなりふりかまっていられず、淫らに腰をくねらせ、せつなく喘ぎだした。官能に頭と体を支配されてしまう。そこを見計らったかのように、繋がり合った部分にまで容赦のない抽挿《ちゅうそう》が加えられる。

「ああ、……あ、……遥さん、遥さんっ」

佳人は声を出さずにはいられなくて、何度も遥を呼んだ。

体が快感の波に攫《さら》われ、荒れた海に落とし込まれてめちゃくちゃに翻弄されるようだ。

元々佳人は、後ろから腰を取られて突き上げられるセックスに弱い。遥ももちろん心得ているはずだ。今夜は佳人を徹底して征服したがっているのがわかる。記憶を失っていた間の空白を埋めるように激しく求められていた。

一度感じ始めたら、快感は次から次に、増幅しながら湧いてくる。

佳人は全身を揺さぶられ、泣くほど感じさせられた。

あられもない声を放ちながら、与えられるままに快感を貪った。後孔を引き絞って遥の逞しい雄芯を離すまいとする自分の淫らさ、貪婪《どんらん》さには我ながら呆れるくらいだ。事がすんで平静さを取り戻したときには、穴があったら入りたいと思うのに、いざ遥に抱かれると自分自身を制御できなくなり、毎度同じようなことを繰り返してしまう。

体の奥まで穿って突かれるのに合わせ、手でも扱かれていた前が、とうとう限界を迎える。

高いところからいっきに突き落とされる心地がした。

頭の中のものがすべて吹き飛んで、真っ白になる。快感以外はなにも感じられない。

「あああっ！」

佳人は一際高い声を上げ、ギリギリまで堪えていたものを全部解き放つように、先端の隘路《あいろ》から熱いものを迸らせた。

射精の快感に眩暈が起きる。

「佳人」

感じすぎて全身を痙攣させている佳人の背中に、遥は愛情に溢れたキスをいくつも散らす。佳人はぐったりとしたまま幸福に酔いしれ、徐々に体を弛緩させていく。心地よい疲労感に包まれて、まだ頭はぼうっとしていた。

「大丈夫か？」

遥は佳人の髪を梳《す》き上げ、頭を撫でる。腰の動きは佳人がいくときに止められたままで、奥深く入り込んでいるものが確かな存在感だけ与えていた。

佳人は、シーツの上に横向けた顔にうっすら笑みを浮かばせ、控えめに頷く。息もかなり整ってきた。

「このまま続けてもいいんだな？」

遥は念押しし、猛った陰茎をいったん抜いて佳人の体を反転させて仰向けに返す。そして開かせた足の間に腰を入れ、あらためて正常位で挿入し直された。

「うう……っ」

いったばかりで感じやすさが増していたため、挿れられただけで脳髄にビリッと快感が走る。体がまた新たな熱を帯びてきた。

「こんな色気のある顔、他のやつには見せるなよ」

今夜の遥はかなり饒舌だ。思ったことをなるべく言葉にして佳人に伝えようと意識して努めているらしく、低い声で無愛想にぽつぽつと喋るのが、たまらなく愛しい。

「遥さん」

佳人は自分から腕を回して遥の背中を抱き寄せた。

瞬きして涙で曇っていた瞳を晴らし、じっと遥の顔を見上げる。

遥も佳人から目を逸らさず、二人はしばらくひたと見つめ合った。

昨日までのことが、走馬燈のように頭の中を巡っていく。

「……本当に全部、思い出せたんですね……?」

まだ少し信じられない気持ちを心の片隅に残していた佳人は、控えめながら遥にもう一度確かめた。

「去年、おまえと香西さんの屋敷で初めて会った日は、雪が降っていた」

遥は迷いのない目をして語る。

「三月のはじめの頃だ。俺はおまえをここに連れてきて、これから先ずっと、俺がおまえに飽きるまで、おまえは俺のものだと言った」

「はい。そうです」

そんなふうに遥の口から語られると、懐かしさと共にあの頃のせつなさや焦れったさ、どうしようもなく遥という冷淡な男に囚われていく自分を持て余し、苦しんだことなどを思い出し、胸が詰まりそうになる。今でも遥はまだまだぶっきらぼうで不器用だが、出会った当時はこんなものではなかった。毎日毎晩、わかり合えそうなのにわかり合えない辛さに心を痛め、憔悴《しょうすい》したものだ。遥を好きだと自覚すればするだけ、悩みは増した。

考えれば考えるほど、今ここに二人でいて、恥ずかしい姿で繋がり合っていることが、千に一つか万に一つの、奇跡だと思えてくる。

「出会ってしばらくして、月見台から庭の桜を見物した」

遥は反芻しながらのようにゆっくりと続けた。

「俺がおまえを俺にとっての特別だと思い知らされたのは、あのときが最初だ」

思いがけない告白だった。遥が何をきっかけに佳人を好きになったのか、今初めて聞いた。

――そんなに早い段階から？

佳人は嬉しさに胸の奥がじわじわと温かくなってきた。

「二度と忘れない」

遥は佳人を見つめ続けたまま誓いを立てるような真剣さで言ってのけた。

言い終えるなり、気恥ずかしさを紛らわすように、佳人の腰を抱え上げて抽挿を再開した。

悦楽の余韻が燻《くすぶ》っていた体に、たちまちまた火がつく。

「ああ、あっ、……あ、遥さんっ」

佳人は幸福に満たされた心をさらに肉体に与えられる甘美な悦びで高揚させた。

目を開いて見上げると、色っぽく顔を歪ませた遥が目に入る。佳人と繋がって快感を得る遥の姿に、佳人は泣きたくなるほどの幸せを感じた。

もう絶対に遥を離したくない。

自分から離れるようなことも考えない。

固く心に誓う。

遥にどんどん追い上げられていき、佳人は次第になにも考えられなくなってきた。

「うっ」

短く呻いた遥が、激情に駆られたように佳人を抱き竦め、唇を貪るように吸ってくる。遥が佳人の中でいったのがわかる。

「遥さん」

佳人からも遥を強く抱きしめた。

お互いに呼吸を荒げたまま、何度も何度も小刻みなキスを交わし合う。

愛情の確認と、これから先も二人でいようという誓い——佳人は遥と本当に一つになれた気がして、胸を震わせ続けた。

雪がちらちらと舞っている。まるで花びらのようだ。

花や葉が落ちても堂々とした枝振りを見せている桜の木を眺めていた遥は、後方でカタンとガラス戸が開く音がしたのに気づき、首を巡らせた。

和室から出てきた佳人と視線が合う。

「寒くないですか、遥さん？」

品のよい白皙《はくせき》に穏やかな笑みと、遥への優しい気遣いを浮かばせ、佳人が聞く。

「……ああ」

塩沢紬《しおざわつむぎ》の上に羽織りを重ねた遥は、両袖にくぐらせて組ませていた腕を解いた。

「起きたのか」

もう少し休んでいてもかまわなかったんだが、という気持ちを込めて言う。

佳人は「はい」と面映ゆそうに僅かばかり顔を俯け、長い睫毛をそっと瞬かせた。

遥は顎をしゃくり、傍に来いと佳人を促した。佳人が遠慮がちな足取りで月見台に出てきて、欄干《らんかん》の手前に立つ遥と肩を並べる。

二人の間には、照れくささからくる微妙な距離感があった。

遥のことを寒くないかと心配した佳人のほうこそ、正絹紬《しょうけんつむぎ》を着流しにしているだけで、よほど寒々しい。遥は無造作に佳人の肩を抱き、細い体を自分の身に寄り添わせた。

きっちりと首筋に沿う衿に目がいく。禁欲的なこの衿の下には、遥が昨晩繰り返し吸って痕を残した肌があるはずだ。そう考えると自然に肩を抱く指に力が入る。この男は俺のものだ、という所有欲が心の底から湧いてきた。

抱き寄せられた佳人は身動ぎもせずじっとしている。

互いの息遣いはもちろん、熱までもが、着物越しに感じられる気がした。

しばらく、どちらも無言のまま、冬枯れしてはいるが手入れが行き届いて風流な庭園に視線を向けていた。

雪がしんしんと空から降ってくる。

ずいぶんした頃、佳人がぶるりと微かに肩を震わせた。

遥は脇に下ろされていた佳人の手を摑む。佳人の指は冷えていた。温めるようにぎゅっと強く握り込む。

「今年も……無事に明けましたね」

佳人が顔を少しだけ傾け、身長差のある遥を心持ち振り仰ぐ。寒がっていると遥に思われ、今すぐ中に戻ろうと言い出されるのが嫌なようで、遥が口を開く前に自分から話しかける。

遥はふっと口元を綻ばせて薄く笑った。相変わらず意地っ張りだ。だが、その意地の裏には遥に対する溢れそうな愛情が湛《たた》えられているのを感じ、幸せのあまり胸が苦しくなる。

元旦の朝だ。

佳人の言うとおり、本来の自分自身を取り戻して、悔いのない状況で新年を迎えることができ

たのは、僥倖に値する。先ほどから遥は、庭を、特に桜の枝を見つつ、このことを噛みしめていたのだ。

元々が波瀾万丈のきらいのある人生だが、事故で記憶をなくし、佳人を思い出せずに手放しかけたことは、今までで最悪の事態を引き起こしかねない出来事だった。後もう少し遅かったらと思うと、今でも遥はぞっと鳥肌が立つ。取り返しのつかない選択をしてしまうところだった。しかも、自分ではそれとまったく気づかぬうちにだ。

遥は体の向きを変え、佳人を正面からすっぽりと両腕の中に入れた。

胸板に引き寄せ、きつく抱きしめる。

「遥さん……」

満ち足りたような息を吐き、佳人が自分からも遥の背中に両腕を回してくる。

遥は少し冷えた佳人の唇に、熱を与えるようにキスをした。

「今日から三日間は、俺とおまえ二人だけだ」

通いの家政婦、松平《まつだいら》は年末年始はやって来ない。東原も気を利かせて放っておいてくれるだろう。なんのかんのと言いながら、貴史と過ごすのではないかと踏んでいる。

「おまえがしたいことだけしてやる」

遥が赤く染まった耳元に囁くと、佳人は恥ずかしげに身動ぎしながら小さく頷いた。

聞くまでもなく、三日の間二人がしたいことはたぶん同じはずだった。

二月のルバーブパイ

山岡《やまおか》物産三代目社長からまたしても珍しい品が届けられたのは、暦《こよみ》を捲《めく》って二月を迎えたばかりの日だった。

「ルバーブカット……？」

昼間、通いの家政婦の松平《まつだいら》から冷凍便を受け取ったという連絡を受け、梱包を解いて冷凍庫に入れておいてくれるように頼んだのはほかならぬ遥《はるか》だが、品名を聞いてもピンと来ず、実際に見るまでどんなものか想像もつかなかった。

ポリエチレンパックに詰められたそれは、一口大にカットした太い蕗《ふき》のようなもので、おおむね赤っぽい。どうやらフランスの会社から輸入した『冷凍フルーツ』らしいが、遥にはまったく馴染みがなく、どんなふうにして食べるのかもわからない。

いつぞやペルドローを送ってこられたときと同じかそれ以上に困惑し、ありがたさよりも迷惑さが先に立つ。山岡は遥を渋面にさせようとして送りつけてきたに違いなく、今頃どこかで遥の反応を勝手に想像し、にやつきながら酒でも飲んでいるだろう。

あいつめ、と忌々しさが湧く一方、今度もきっちりこの小癪《こしゃく》な挑戦を受けて立ってやると意地が出る。遥と山岡の関係は常にこんな感じだ。山岡がなにくれとなく遥にちょっかいを出してきて、遥はそれを無視できずに毎回まんまとお遊びに付き合わされる。

「遥さんと山岡社長、案外気が合うのかもしれないですよ」

なにかの折に佳人《よしと》にそう言われたことがある。遥はその場では「ないな」と一刀両断したのだが、罵詈雑言を吐きつつも山岡との関係を断とうとまでは考えないので、まんざら見当違いでもないのかもしれない。

佳人が風呂に入っている間に書斎のパソコンで調べたところ、和名をショクヨウダイオウという植物で、ヨーロッパではジャムやジュースにしたりお菓子やサラダに用いられたりして馴染み深い食材らしい。リンゴのような酸味、あんずに似た香りがするそうだ。

お菓子の材料にも使われるものだと知って、遥はふと、これはちょうどいい機会だと思った。

今度の火曜日は佳人の誕生日だ。ずっと以前から佳人が何月何日生まれかは承知していたが、まだ一度も祝ってやったことがない。一昨年は出会う前だった。去年はいちおうなにかしてやりたいと思案してはいたものの、結局何もできないままその日が過ぎていた。佳人に面と向かっておめでとうの一言を伝えるのが照れくさく、どうしても言い出せなかったのだ。

やはり遥には言葉で気持ちを伝えるのはハードルが高い。

言葉の代わりにちょっとした気遣いを示せたらいいのだが、それはそれでどうすればいいのかと今年も迷っていた。そこにたまたま山岡が、日本ではまだ馴染みの薄い食材を送ってきた。本人は意図していなかっただろうが、今年こそちゃんとしろ、と背中を押された気分だ。佳人の誕生日にお菓子を焼いて、ささやかながら祝いのしるしになれば、と考えた。

インターネットでルバーブを使って作るお菓子のレシピを探してみると、ルバーブパイというのが何件かヒットした。いくつか検討して、自分の力量と好みに合った作り方が載ったページをプリントアウトする。どうせならパイ生地から作りたいと、初めてにもかかわらず手の込んだやり方を選ぶところが、我ながら凝《こ》り性だと思う。

パソコンの電源を落として茶の間へ行くと、風呂から上がったばかりと思《おぼ》しき佳人がコタツに足を入れて、文庫本を読んでいた。

遥が襖《ふすま》を開けて姿を見せるとサッと顔を上げ、優しい色合いの花が綻んだようにふわりと微笑みかけてくる。

「お仕事、もうおすみですか」

「あ、ああ」

遥は柄にもなくドキリとし、後ろ手に襖を閉めたまま、しばらくその場に突っ立った。

湯上がりのほんのり火照《ほて》った肌が艶めかしい。うなじや、パジャマの襟から覗く鎖骨のあたりに視線が吸い寄せられ、目を離せない。

「遥さん？」

佳人が訝《いぶか》しげに首を傾げる。

その目にふっと心許なさそうな翳《かげ》りが浮かんだことに気がつき、遥は大股で佳人の傍《かたわ》らに近づくと、コタツ布団を捲って足を突っ込んだ。

「今度は何を読んでいるんだ」

急いで言葉を探したため、いささかぶっきらぼうな調子になったが、佳人はこれがいかにも遥らしいと感じたのか、ホッとしたように強張りかけていた頰を緩めた。

「これは時代小説です。今度映画化される作品の原作で……」

佳人は自分の趣味について話すとき、いつもちょっと面映《おもは》ゆそうにする。長い睫毛《まつげ》を何度か瞬かせ、訥々《とつとつ》とした口調になる。遥はそんな佳人をじっと見つめ、愛しさを一段と膨らませた。

もう二度と佳人を忘れないと誓ったことを嚙みしめ、さっき佳人を僅かでも不安がらせるようなまねをして悪かったと反省する。記憶をなくしていて不可抗力だったとはいえ、一月半もの間佳人に辛い思いをさせてきたことを、遥はどうにかして償《つぐな》いたい気持ちでいっぱいだ。

佳人の望みは、お互いの絆を揺るぎのない確固としたものにすることだ。その気持ちは遥も寸分違《たが》わない。この先も二人で生きていくために確認しておくべきことや、解決しておきたいことがあれば一つ一つ手を着けていこうと決意した。

手始めに遥は、佳人を両親の墓前に連れていってやりたいと思い、なんらかの事情を知っていそうな東原《ひがしはら》に探りを入れているところだ。なぜか東原はこの件になると歯切れが悪くなり、先日も話を振りかけた途端、「まぁちょっと待て」と押しとどめられた。どうやら気易く教えられない事情があるようだ。東原は佳人のことも気に入っていて、いざというときは俺を頼れと言うくらいだから、単に勿体ぶっているとは考えにくい。佳人を不用意に傷つかせたくないと配慮した上で口を噤《つぐ》んでいる気がする。それならば遥ももう触れないほうがいいのかと一時迷いもしたが、芯の強い佳人はきっと真実を知りたがるだろうし、なにがあっても受けとめて前に進むに違いないと信じられるので、東原から墓の場所だけでも聞き出す決意をした。明後日また東原と会う約束をしており、そのときあらためて教えてほしいと頼むつもりだ。おそらく東原も承知の上で「一杯やらねぇか」と自分から誘ってきたのだと思われる。

佳人の誕生日をさりげなく祝うのも、遥には墓参りの一件と同じくらい重要で、してやりたいことの筆頭だった。

「なら、その映画が封切りになったら観に行くか」

佳人の話を聞いて、たまには映画館に行くのもいいかという気になる。

「……ぜひ」

遥は佳人の頬を手の甲で軽くひと撫ですると、

「俺も風呂に入ってくる」

と言って腰を上げた。

「湯冷めしないようにしろ」

一言一言はついそっけなくなってしまいがちだが、佳人には遥の気持ちが言外に伝わっているらしく、表情を曇らせることはない。共に過ごしてきた時間の長さが着実に二人の関係を進展させていると感じられるのはこういうときだ。

年が明けてからはずっと平穏な日が続いていたのだが、その週末はいろいろあった。

ついに東原が重たい口を開き、佳人の両親の遺骨が納められた場所がどこかわかったので、この期に及んで躊躇《ためら》っても仕方あるまいと、意を決して佳人を墓参りに連れ出したのだ。その結果なにが起きようと佳人と共に受けとめると心に誓い、成り行きを見守ることにした。

佳人には辛い事実を突きつけることになってしまったかもしれない。それでも、どのみちこの先ずっと知らないままではいられなかっただろうし、それは佳人にとってもなにより不本意なことのようだった。墓前に花を供えたい、供えさせてやりたいというかねてからの希望を叶えられたことは、遥にとっても佳人にとってもいいことだったのだと信じている。

火曜日の午後、遥は佳人を通販会社『メイフェア』に行かせた。来期より経理システムを新しいものに移行する計画があって、いちおう佳人にもひととおり把握しておいてもらおうと前から日程を調整していた。今回遥はこれをもっけの幸いと利用することにしたのだ。

昼食後、佳人が飯田橋《いいだばし》にある『メイフェア』本社事業部に向かうのを見届けた遥は、久々に電車に乗って一度帰宅した。今からしようとしていることは私用にほかならず、社用車で中村《なかむら》に送ってもらうのはさすがに遥の矜持《きょうじ》が許さなかった。

「あら。お珍しい」

いつものとおりに六時までの契約で家事手伝いに派遣されてきた家政婦の松平が、午後二時という中途半端な時間に一人戻ってきた遥を見て、特に驚いたふうもなく口にする。今までにも何度かこんなことがあったので、またかと思っただけらしい。主が在宅であろうとなかろうと、取り決めどおりに自分の仕事をきっちりすませて定時に引き揚げるのが松平の遣《や》り方で、それ以外のことには干渉してこないのが常だ。遥は松平のてきぱきとした仕事ぶりと、クールな割り切り方が気に入っており、もはや松平以外の家政婦に自宅を任せることは考えられなくなっている。松平がなんらかの事情で辞めたなら、次はもう誰も雇わないだろう。たまった家事は週末、佳人と分担してやればいい。実際、今でもそうしようと思えば十分可能だ。

「ちょっと台所を借りる」

「ええ、どうぞ」

遥はコートと上着を脱いでエプロンを着けると、ワイシャツの袖を捲って、さっそく材料と調理器具を揃えてパイ作りに取りかかった。

ふるいにかけた小麦粉をボウルに用意し、その中に同量のバターを刻んで入れ、ザラザラとした砂状になるまでスケッパーで切るようにする。そこにさらに冷水を加え、泡立てずに掻き混ぜ、ビニール袋に入れて一まとめにしておく。

遥はプリントアウトしておいた作り方に従い、手際よく進めていった。

オーブンの予熱を開始し、その間に先ほど作った生地を伸ばす作業に入る。台に打ち粉をして生地を載せ、麺棒で伸ばす。伸ばした生地を三つ折りにして、さらにまた伸ばす。これを四度繰り返したあと、生地を二つに分けて、そのうちの一つを型に合わせて敷き、フリル状になった側面は少し余るくらい高めにする。

　中に詰めるのは、昨晩から冷蔵庫で解凍しておいたルバーブ、砂糖、バター、ブランデーというシンプルさだ。小さく刻んだルバーブの上から砂糖を振りかけ、バターを散らす。仕上げにブランデーを少々加え、残しておいた半分の生地を蓋にする。

　オーブンが二百二十度になったところで天板ごと下段に入れて焼く。まず十五分。その後、庫内の温度を二百度まで下げ、また十五分。最後に百八十度で十分。パイらしく生地がサクッ、パリッと仕上がるよう、焼き加減を見ながら時間を微調整する。結構手間のかかる作業だ。

　そうして焼き上がったルバーブパイは、初挑戦にしては美味しそうな見た目の、満足のいく出来だった。

　冷めたら型から外して切り分けるのだが、遥はそこまで待たずにエプロンを外して、再び上着を羽織った。

「あら。またお出掛けですか？」

　コートを腕に抱えて台所を出ると、洗面所の掃除をしていた松平が声をかけてきた。

「ちょっと会社を抜けてきただけなんで」

　めったに直接言葉を交わす機会がないので、遥は松平と話すとき、どんな言葉遣いをすればいいのか考えてしまって、なんとなくぎこちなくなる。松平のほうはいっこうに気にした様子もなく遥にポンポン物怖じせずに言う。

「とってもいい匂いがしてましたけど、今夜は何かお祝いをなさるの？」

「……いや、べつに」

いくらなんでも、同居している男の誕生日を祝いたいので仕事の途中にパイを焼きに戻ってきた、とは言いにくい。気恥ずかしさとバツの悪さが込み上げて、言葉少なにごまかした。

だが、松平は遥の返事に耳を貸さず、「いいわねぇ、佳人さん」と悪気のない笑顔を見せる。

「とりあえずまた出ますので、いつものとおり、あとはよろしく」

遥は旗色が悪くなり、逃げるように玄関に向かった。やっぱりこのおばさんには敵《かな》わない。年の功なのかなんなのか、一枚も二枚も上手だ。昼間から二階の寝室に男同士で籠《こ》もっていても、まったく動じることなく次の日からまた何事もなかったように通ってきただけのことはある。

「行ってらっしゃい」

松平に見送られて家を出た遥は、駅への道すがら、今晩の夕食は頼んでいないのに普段よりちょっとテーブルを華やがせるメニューが並ぶのでは、と予感した。

五時に黒澤《くろさわ》運送に着き、社長室で仕事を片づけていると、佳人が就業終了時刻の十分前に『メイフェア』から戻ってきた。

「どうだった、新経理システムは？」

何食わぬ顔をして聞いた遥に、佳人はよもや遥が自分の不在中にいったん帰宅したなど想像もしていなそうに「はい」と屈託なく返事をする。

「慣れるまでは戸惑いそうですが、全体としては改良点が多く、今までのプログラムより使い勝手がよさそうです」

「そうか。ならよかった。今日はこれでもう業務終了だ。定時で帰るぞ」

「はい」

そこで佳人はあれ、と何かに気づいた様子で鼻をちょっとひくつかせる。

「なんだか香ばしい匂いが……」

遥はたちまちギクッとして思わず髪に手をやりかけた。

「あ、いえ、たぶん気のせいです」

すぐに佳人のほうから取り消してきたので、言い訳をしなくてすんだが、不意を衝《つ》かれて狼狽《うろた》えた気持ちの乱れをごまかすように顔を顰《しか》めたのが、佳人を恐縮させたようだ。

「すみません」

「べつに謝らなくていい」

こんなとき、遥は己《おのれ》の不器用さを痛感する。もっと違う言葉をかけたいのに、いざとなったら口から出るのは不機嫌そうな短い文句だけだ。

やはり、お菓子を作りに帰って正解だったなと思う。

それで遥の気持ちが少しでも佳人に伝わるなら、会社と自宅を慌ただしく往復し、松平の勘の鋭さに冷や汗を掻かされつつ、柄にもなく菓子作りに挑戦した甲斐《かい》があったというものだ。

定時の六時に仕事を切り上げ、佳人と二人で社用車の世話になって帰宅する。

遥の予感は当たっていて、今晩の夕食はいつもより凝ったものが用意されていた。

「わぁ。ばらちらしを作ってくださってますよ。それから鯛の潮汁《うしおじる》。豚ロース肉の紫蘇《しそ》巻き揚げまで。松平さんって本当になんでもできる方ですね」

美味しそうな食べ物を前にすると、どんなに機嫌の悪かった者でも自然と笑顔になる。過ぎるくらい謙虚で素直な佳人は、胸中にどれほどもやもやとした気持ちを抱えていようとも、幸せいっぱいのいい表情をしてみせる。遥はその顔を見て気持ちが高揚した。

「よかったな。おまえが松平のおばさんに好かれているからこそだ」

「おれが、ですか？」

佳人は腑《ふ》に落ちなそうにそっと眉根を寄せる。

遥はフッと溜息をつき、「忘れているのか」と揶揄《やゆ》する眼差《まなざ》しを佳人に向けた。

「えっ？」

佳人はますます困惑し、助けを求めるように遥を見る。

まぁ無理もないか、と遥は胸の内で考えた。

今、佳人は十一年という月日を経て両親の死と向き合い、様々な思いを湧かせて心を乱れさせている。今日が自分の誕生日だと気づく余裕すらないとしても、わからなくはない。

「せっかくの心尽くしだ。そのままダイニングテーブルに着け」

遥は、有無を言わさずスーツ姿で食堂室のテーブルに座るよう佳人を促すと、台所で潮汁を温め直してお椀に注ぎ分け、運んだ。

「おれもなにか手伝いますよ」

「べつにしてもらうことはない。ほら、熱いから気をつけろ」

「あ、ありがとうございます」

どうにも佳人は、自分は座って、遥が動くという役割分担になると腰の据わりが悪くなるようで、遥が席に着くまで落ち着かなそうにしていた。

本当はいただきますと手を合わせる前に、遥から一言「おめでとう」と佳人に告げればいいのだとはわかっていたが、いざとなると遥はどうしても気恥ずかしくて口に出せなかった。

松平が腕によりをかけた祝いの料理を黙々と味わう。

佳人も言葉少なで、ときどきとても美味しそうに満足げな顔はしたが、普段より饒舌《じょうぜつ》になることはなかった。

「食後にデザートを用意しているんだが、おまえ、まだ入るか」

結局最後まで普段と代わり映えしない静かな雰囲気で晩餐《ばんさん》を終え、遥は実に淡々とした調子で買ってきたおやつでもあるかのように聞いた。

「珍しい……ですね」

「ああ。一年に一度か二度しかないことだ」

遥の言い方が面白かったのか、クス、と佳人は小さく笑った。

「そういえば、昔、遥さんにサバランを作って出したことがありました。ずっと聞けなかったんですが、あれ……どうでした？」

「……ああ」

ある意味、核心に近い話題をいきなり佳人に振られ、遥は思わずすっと息を吸い込んだ。

「あ、もう覚えてないですよね。一昨年のことを今さら聞いてすみません」

「覚えている」

間髪《かんはつ》を容《い》れずに遥はきっぱりと答えた。

ひたと佳人の目を見据える。

佳人は傍目《はため》にもはっきりとわかるほど戸惑い、見つめられて恥ずかしそうに瞬きした。

「むしろ忘れるほうがあり得ない」

遥は意味深な物言いをあえてすると、佳人を揶揄するようにフッと唇の端を上げた。

「できればおまえにも今夜のことは覚えていてほしいものだ」

「あの、遥さん……」

「ちょっと待ってろ」

遥は困惑する佳人をダイニングテーブルに残し、台所でコーヒーを淹《い》れ、昼間作っておいたルバーブパイを切り分けた。

　端を薄く切って味見してみると、想像以上に美味しくて、これなら佳人に食べさせられると自信を持った。甘酸っぱくてさっぱりとした、大人の味がする。パイ生地の出来も素人《しろうと》が作ったにしては申し分なく思えた。

「遥さん！　あの、あの、もしかして……」

　あれほど座って待っていろと言ったにもかかわらず、佳人が矢も盾もたまらなくなったようにして台所に飛び込んできた。

　佳人の狼狽え、紅潮した顔を見れば、今日がなんの日かようやく気づいたらしいことは聞くまでもなかった。

「すみません、おれ。どうしよう。おれのほうこそ、ずっと遥さんの誕生日を知りたいと……聞かないとと思っていたのに」

　動揺も露《あらわ》にしどろもどろになった佳人を、遥は今すぐ抱きしめたくなった。

「サバランの日だ」

　えっ、とまた佳人が目を瞠《みは》る。

「だからおまえのほうが俺よりずっと先に、俺の誕生日を祝ってくれていたんだ」

　遥は照れ隠しに早口で言うと、「ほら」と佳人に、切り分けたルバーブパイの皿を差し出し、向こうに持っていけと促したのだった。

あとがき

このたびは情熱シリーズ四作目にあたります本著をお手に取りくださいまして、ありがとうございます。「ひそやかな情熱」「情熱のゆくえ」「情熱の飛沫」そしてこの「情熱の結晶」の四作が第一部で、今回、クライマックスにふさわしく遥さんと佳人を大きな危機が襲います。遥さんと佳人の恋の行く末をどうか見届けていただけますと幸いです。

出し直しに際し、各巻に書き下ろしておりますショート小説も、今回収録の「二月のルバーブパイ」で共通テーマの「一手間かけた料理」が完結いたします。「六月のサバラン」で明かされた遥さんの新情報に続き、佳人の新情報がちらりと出てきますので、ぜひ本編と併せてお楽しみくださいませ。

実は、一つ補足させていただかねばならないことがあります。遥さんと佳人が宮崎に旅行するシーンですが、ご存じのとおり、高千穂鉄道は二〇〇五年九月六日の台風の影響で現在全線廃線となっております。執筆当時とは事情が変わってしまっておりますが、二人がトロッコ列車に乗るくだりを修正するのは難しく、シーン的にも私自身気に入っておりましたので、弄らない方向でいかせていただくことにしました。その点、お含み置きいただけますと助かります。

イラストはこれまで同様、円陣闇丸先生に当時描いていただいたものを使用させていただきました。再録をご快諾くださいまして本当にありがとうございます。

遥さんと佳人には様々な事件が起こりますが、私がこの記憶喪失ネタを書きたいと思いついたのは、ちょうど「冬のソナタ」をDVDでずっと見ていたからでした。あ、こういうのはまだ書いたことがなかったな、挑戦してみよう、という軽い気持ちだったのですが、あとから「記憶喪失ネタは伝家の宝刀」的なことをお友達から言われ、全然知らなかったので「へぇぇ」と驚き、ちょっぴり赤面しました。私、同人活動歴はそれなりに長いのですが、二次創作の世界には疎いほうで……。おそらく、このネタをまた使って何か別の作品を書くことはもうない気がしますが、一度はやってみたいネタでしたので、このシリーズで使ってよかったです。

次に発行していただきます「さやかな絆 –花信風–」からはシリーズ第二部になります。第二部は、タイトルから「情熱」を外しております。そしてさらに、東原と貴史編の「艶悪」、短編集「夜天の情事」と順次出し直していただきつつ、新作の書き下ろしもいたします。シリーズ完結まで、どうかお付き合いいただけますと嬉しいです。

いつもお願いしていて恐縮ですが、本著をご覧いただきましてのご意見、ご感想等、お気軽にお寄せくださいませ。皆さまのお声を聞かせていただけるのがなによりの励みです。

この本の制作にご尽力くださいましたスタッフの皆さまにも、厚くお礼申し上げます。

それでは、またすぐに次の本でお目にかかれますように。

遠野春日拝

◆初出一覧◆

情熱の結晶　　　　　／「情熱の結晶」（'05年1月株式会社ムービック）掲載

二月のルバーブパイ　／書き下ろし

遠野春日の大人気
「情熱」シリーズが、
BBNで復活!!
黒《くろ》澤《さわ》 遥《はるか》
6つの会社を経営する青年実業家。子供の頃親に捨てられ苦労して育つ。無口で不器用なため素直になれない性格。
久《く》保《ぼ》佳《よし》人《と》
親の借金のため、香西組組長に10年間囲われていた過去を持つ。芯のしっかりした美貌の青年。
「ひそやかな情熱」
BBN B-BOY NOVELS
NOVEL 遠野春日
イラスト／円陣闇丸
大好評発売中!!
定価945円（税込）
組長の逆鱗に触れ、捨てられるところを実業家の遥に拾われる、美貌の青年佳人。佳人は遥の傲慢かと思えば優しく触れてくる、その振る舞いに翻弄される日々を送るが…。新作書き下ろしつきで復活！
連続発売記念
全員サービス開催!!
かき下ろし小冊子♥
BBN「情熱のゆくえ」
大好評発売中！！
BBN「情熱の飛沫」
大好評発売中！！
BBN「情熱の結晶」
大好評発売中！！
BBN「さやかな絆 -花信風-」
12月19日（水）発売予定
待望のシリーズ新作登場！！
2013年初春発売予定！
お楽しみに♪
最寄の書店またはリブレ通販にてお求め下さい。
リブレ通販アドレスはこちら
リブレ出版のインターネット通信販売
Libre
PC http://www.libre-pub.co.jp/shop/
Mobile http://www.libre-pub.co.jp/shopm/

ビーボーイ小説新人大賞

「このお話、みんなに読んでもらいたい！」
そんなあなたの夢、叶えてみませんか？

小説b-Boy、ビーボーイノベルズなどにふさわしい小説を大募集します！
優秀な作品は、小説b-Boyで掲載、
公式携帯サイト「リブレ+モバイル」で配信、またはノベルズ化の可能性あり
また、努力賞以上の入賞者には担当編集がついて個別指導します。
あなたの情熱と新しい感性でしか書けない、楽しい小説をお待ちしてます!

募集要項

作品内容

小説 b-Boy、ビーボーイノベルズなどにふさわしい、商業誌未発表のオリジナル作品。

資格

年齢性別プロアマ問いません。

注意

・入賞作品の出版権は、リブレ出版株式会社に帰属いたします。
・二重投稿は、固くお断りいたします。

応募のきまり

★応募には小説 b-Boy 掲載の応募カード（コピー可）が必要です。必要事項を記入の上、原稿の最終ページに貼って応募してください。

★〆切は、年2回です。年によって〆切日が違います。必ず小説 b-Boy の「ビーボーイ小説新人大賞のお知らせ」でご確認ください。

★その他注意事項は全て、小説 b-Boy の「ビーボーイ小説新人大賞のお知らせ」をご覧ください。

ビーボーイイラスト新人大賞

あなたのイラストで小bや
ビーボーイノベルズを飾って下さい★

目指せプロデビュー!!

募集要項

作品内容

商業誌未発表の、ボーイズラブを表現したイラスト。

資格

年齢性別プロアマ問いません。

注意

・入賞作品の権利は、リブレ出版株式会社に帰属いたします。
・二重投稿は、固くお断りいたします。

応募のきまり

★応募には各雑誌掲載の応募カード（コピー可)が必要です。必要事項を記入の上、作品1点の裏に貼って応募してください。

★〆切は、年2回です。年によって〆切日が違います。必ず各雑誌の「ビーボーイイラスト新人大賞のお知らせ」でご確認ください。

★その他注意事項は全て、各雑誌の「ビーボーイイラスト新人大賞のお知らせ」をご覧ください。

ビーボーイノベルズをお買い上げいただきありがとうございます。
この本を読んでのご意見・ご感想をお待ちしております。

〒162-0825 東京都新宿区神楽坂6-46
ローベル神楽坂ビル4階
リブレ出版㈱内 編集部

リブレ出版WEBサイトと携帯サイト「リブレ+モバイル」でアンケートを受け付けております。
各サイトにアクセスし、TOPページの「アンケート」から該当アンケートを選択してください。
ご協力をお待ちしております。

リブレ出版WEBサイト　http://www.libre-pub.co.jp
リブレ+モバイル　http://libremobile.jp/
(i-mode, EZweb, Yahoo!ケータイ対応)

BBN
B●BOY NOVELS

情熱の結晶

2012年11月20日　第1刷発行

著者――遠野春日

発行者――太田歳子
発行所――リブレ出版株式会社
〒162-0825 東京都新宿区神楽坂6-46ローベル神楽坂ビル
営業　電話03(3235)7405　FAX03(3235)0342
編集　電話03(3235)0317
印刷所――株式会社光邦

Printed in Japan
ISBN 978-4-7997-1218-4